# Pandoras Prozessor Sockel

von

Devin McColey

Bibliografische Information der Deutschen Nationalbibliothek: Die Deutsche Nationalbibliothek verzeichnet diese Publikation in der Deutschen Nationalbibliografie; detaillierte bibliografische Daten sind im Internet über dnb.dnb.de abrufbar.





Herstellung und Verlag: BoD – Books on Demand, Norderstedt

ISBN: 978-3-7583-6466-2

# Inhaltsverzeichnis

II

Danksagung

Für Stella, ohne die ich mit dem Buch nicht angefangen
hätte.
Und für Corinna, ohne die ich das Buch nicht beendet
hätte.


Lob und Anerkennung an die Testleser und Testleserinnen
sowie Übersetzungshelfer und Übersetzungshelferinnen:
@eshome@mastodon.social
Sira
Anonymer-Testleser #1
Iris

## 1. 2327863112 MI Okt-07-2043 20:38:32 GMT+0000

»Mi casa es su casa«, sagte sie und öffnete schwungvoll die Tür zu ihrer Werkstatt.

»Halt die Klappe, mir dröhnt der Kopf, da kann ich deine blöden spanischen Phrasen echt nicht gebrauchen«, antwortete Quake.

»Ich hab's dir gesagt, lass es langsam angehen und komm nach einer Woche noch mal rein um die Implantate nachjustieren zu lassen, aber nein, du wolltest ja nicht auf mich hören.«

»Spar dir die Predigt für später. Hast du was gegen die Kopfschmerzen?«

»Klar hat Tante Shiny was gegen die Kopfschmerzen. Aber erst werde ich mal deine Elektronik prüfen, denn wenn das Tricodin erstmal reinkickt bekomme ich eh keine anständigen Messwerte mehr.«

Die zierliche Frau half dem ein Meter neunzig großen Mann, der einen muskulösen Körperbau wie ein russischer Jahrmarktsboxer hatte, quer durch den Raum rüber zum Diagnosestuhl zu gehen.

Der Diagnosestuhl war ein Sessel mit ausklappbarer Fußstütze aus einem dieser abgeranzten skandinavischen Möbelhäuser. Er war aus Gründen der Standfestigkeit in den Betonboden festgedübelt und mit ein paar Seilen versehen, um nervöse und zappelige Kundschaft fixieren zu können.

Ächzend ließ sich Quake in den Stuhl fallen.

»Dreh den Kopf mal zur Seite«, sagte sie während sie seinen Schädel bereits mit zwei Fingern rüber drückte und den Diagnosestecker in die Buchse hinter sein linkes Ohr schob.

Sie ging rüber zu einer alten Tastatur, die mit einem Adapter an einen Kabel-HUB angeschlossen war, der an einen Laptop angeschlossen war, der wiederum mit einem Adapter an einen Bildschirm angeschlossen war. Fast alles in ihrer Werkstatt war mit Adaptern zusammengesteckt und hatte den Charme des improvisierten.

Sie fing an zu tippen.

*:~$ mount /dev/patient/ --target /mnt/diagnose1*

*:~$ ls -laH /mnt/diagnose1 | grep error_code*

Während rund ein Dutzend Zeilen mit Statusmeldungen über den Bildschirm liefen, band sie ihre schulterlangen Haare zusammen.

»Hmmm… Lass mich raten, du hast direkt zwei Tage nachdem ich dir das optische Implantat eingesetzt habe das Ding an die Zielerfassung einer vollautomatischen Schusswaffe gekoppelt und mindestens vier Magazine durchgejagt.«

Er war sich nicht sicher ob das eine Frage oder eine Feststellung war, sicherheitshalber brummte er zustimmend.

»Scheiße, das ist ein Cyberstack Optical 250v2 und nicht der übliche Ramsch aus den italienischen Chipfabriken, der zu fünfundsiebzig Prozent der Zeit sowieso nur mit halber Leistung läuft, weil der billige RAM von denen bei kleinen Schwankungen bereits runterdrosselt.«

*:~$ config /mnt/diagnose1 -f -R*

»Dann schreibe ich dir das Config-File halt noch mal in das Implantat. Und damit du nicht noch mal vorbeikommen musst oder dich für ein paar Tage in Geduld üben musst, werde ich den Scheiß sofort auf die harte Tour an deine graue Masse kalibrieren. Danach dröhnt dir dann noch mehr der Kopf, aber auf lange Sicht spart uns das beiden den Stress.«

*:~$ sync /mnt/diagnose1 -greymatter --force --yes -h -now*

»Das kribbelt jetzt etwas im Hirn«, sagte sie grinsend als sie den Befehl in das System gab.

Sie ging rüber zur Kaffeemaschine, drückte den Knopf für einen großen Becher. Während die braune Plörre durchlief, öffnete sie den oberen Schrank, kramte nach Tabletten und warf ihm eine weiße Pille rüber, die er wie eine ungeschickte Robbe mit beiden Händen schnappte. Dann nahm sie den Becher, schlürfte vorsichtig, verzog kurz das Gesicht. »Du weißt, dass ich dir die Extratour heute in Rechnung stelle. Es ist schon nach zwanzig Uhr, da berechne ich fünfzehn Prozent extra. Gewerkschaftsregelung und so.« Sie lachte kurz auf und Quake verzog das Gesicht, als wenn heute noch jemand in einer Gewerkschaft wäre. »Und versuch mir nicht wieder diese schrottige Cryptowährung unterzujubeln. Nur echtes Geld, am besten Bargeld«, schob Shiny hastig nach.

»Also, willst du mir erzählen wie genau es zu deinem Besuch hier gekommen ist? Immerhin dauert das hier noch etwas und am Ende kostet es dich das gleiche.«

»Also gut«, brummte Quake. »Es begann damit das ich noch schnell etwas erledigen wollte.«

## 2. 2327663910 MO Okt-05-2043 13:18:30 GMT+0000

»Jetzt quatsch nicht so viel, Shiny, sonst ziehst du gleich wieder deinen Nachttarif oder wie du das nennst und berechnest mir die Überstunden«, sagte Quake als er nach seiner Jacke griff.

»Als wenn ich dich jemals über das Ohr gehauen hätte«, entgegnete sie. »Aber denk dran eine Woche lang den Ball flach zu halten. Dann komm noch mal rein, wir machen schnell den Feinschliff, das dauert keine fünf Minuten wenn sich deine grauen Zellen dann schon an die neuen Schaltkreise gewöhnt haben.«

»Klar doch.« Er zog die Jacke zu, klopfte prüfend die Taschen ab und wandte sich zur Tür. »Anzahlung hast du ja schon bekommen. Und den Rest...«

»Du meinst doch nicht etwa den scheiß...«, fiel sie ihm ins Wort.

»Ich muss dann jetzt wirklich los«, sagte er und warf die Tür von außen ins Schloss.

Auf dem Asphalt stand noch Regenwasser, Neonlicht spiegelte sich darin, stellenweise brach es sich in einer öligen Pfütze. Er ging Richtung Hauptstraße um die kleine Gasse zu verlassen, aktivierte sein implantiertes Funksystem und fragte »Ok 0byte, bin fertig bei der Schrauberin. Sammelst du mich ein?«

»Klar, aber der Wagen will gerade nicht anspringen, dauert aber nicht lange.«

»Gut, ich steh an der Ecke, du weißt schon...«

Er steckte die Hand in die Jackentasche, stellte sich an die Straßenecke, nahm ein Mobiltelefon aus der Hosentasche und tat so als würde er Nachrichten lesen.

Nach einer Weile hielt ein alter, angerosteter Kleinwagen neben ihm. »Na los, spring rein Großer.«

Am Steuer saß ein hagerer Typ mit Kapuzenpulli und abgegriffener Cappy.

»Der Wagen sieht so alt aus, dass er keine elektronische Wegfahrsperre haben dürfte. Bist du echt so scheiße darin einen Wagen kurzzuschließen?«, fragte Quake amüsiert.

»Jaja, mach dich ruhig lustig«, entgegneter er. »Also, wo fahren wir hin?«

»Wir bringen jetzt nur den Chip hier zu Viking und falls der Idiot mit dem Passwort Probleme hat, musst du ran. Danach bekommen wir zehntausend N₩ und kaufen was beim Burger-Brater.«

»Haben die immer noch ihren „Außenposten" in dieser Frittenbude von Herta?«

»Klar, entweder sind die zu nostalgisch den Schuppen aufzugeben, die geilsten Profis wenn es um Tarnung geht oder sich ihrer Sache einfach zu sicher.«

»Was auch immer, lass es uns einfach nur fertig machen«, sagte er, schaltete das Radio an und sprang sofort durch die Kanäle um einen Sender mit Electro-Synth-Wave zu finden.

»Nicht schon wieder dieser Synth-Scheiß…«, entgegnete Quake.

»Deswegen habe ich diesen Wagen ausgesucht, der hat ein krasses Radio«, grinste 0byte und drehte die Lautstärke auf.

Hertas Frittenbude war leer, wie fast immer. Nur Herta stand hinter der Theke mit einer Zigarette im Mundwinkel und wendete lustlos die Würstchen auf der Grillplatte. Im Hintergrund dudelte ein altes Radio und die Luft roch nach ranzigem Fett.

»Tach die Herrschaften«, raunte sie, »wenn dat ma' nich' meine zwei Lieblings-Stammkunden sind.«

»Ich glaube wir sind deine einzigen Stammkunden«, entgegnete 0byte und sah sich demonstrativ im Laden um.

»Ihr habt die Rush-Hour knapp verpasst, noch vor zwanzig Minuten stand'n die Leut' bis drauß'n Schlange, so wie als wenn'et gratis Nutten auf'a Repabahn gäbe.«

»Es ist ja immer herzerwärmend mit dir über dein tolles Restaurant zu sprechen, aber wir sind nun mal geschäftlich da, also: Einmal Frikandel Spezial, aber ohne die Gurken.«

Herta zog an ihrer Zigarette.

»Warum die Lackaffen auf die scheiß Codewörter besteh'n is' mir 'nen Rätsel, nich' ma' das scheiß Gesundheitsamt verirrt sich in dieses Loch«, sagte Herta und tippte auf der Kasse die Stornotaste, gab als Betrag 13,37 ein und wartete auf den Bestätigungston.

»So, is' entriegelt, aber stolpert nich' über das Gerümpel auf'a Treppe.« Dabei deutete sie auf den Vorhang der den Türrahmen neben dem Getränkekühlschrank verdeckte.

Quake zog ihn zur Seite und gab die Tür dahinter frei. Er drückte den Griff runter. Wie jedes Mal hoffte er, dass Herta den richtigen Code in die Kasse eingegeben hatte.

Quietschend öffnete sich die Tür. LED-Lampen, bei denen die Hälfte der Leuchtelemente bereits ausgefallen waren, tauchten die Treppe, die in den Keller führte, in ein schummeriges Dämmerlicht. Er blickte an der rechten Wand entlang, in regelmäßigen Abständen blinkten kleine grüne Punkte.

Über den internen Funk gab er an 0byte »Die Alte hat die Minen deaktiviert, wir können runter«.

»Was bis du immer so verfickt paranoid, die wird für den Kram hier genauso bezahlt wie wir, warum sollte sie uns in die Luft jagen?«

Quake überhörte die Frage geflissentlich.

Langsam gingen sie die Treppe runter. Unten angekommen machte der Gang einen Knick und mündete in einen vier mal vier Meter großen Raum.

Der Raum war voll mit Kisten und Kartons. Schusswaffen, Granaten, Drogen, Implantate aus dem Second-Hand Handel und anderer Kram den man irgendwie zu Geld machen kann.

In einer Ecke auf einem abgewetzten Sofa saß Viking. Er hatte die Füße auf den vermackten Holztisch gelegt und blätterte durch eine verknickte Ausgabe von „Chrome & Naked People".

»Yo yo, was geht ab? Da seid ihr zwei ja endlich«, er warf das Heft achtlos auf den Tisch.

»Herta hat uns wieder vollgequatscht, du weißt ja wie das ist«, entgegnete 0byte und deutete in Richtung Treppe.

»Dann lass mal rüber wachsen.«

Quake kramte den Chip aus seiner Jackentasche und legte ihn auf den Tisch.

Hastig zog Viking einen Laptop unter dem Sofa hervor und drückte den Power-Knopf, frickelte den Chip in einen Adapter und steckte ihn in einen freien Port. Der Laptop piepte zweimal und Viking fing an, hektisch Befehle einzutippen. Er stellte das Gerät neben sich. »Setzt euch, das dauert jetzt etwas bis die Daten entschlüsselt sind. Hab ich euch schon mal die Story vom Aurora-Run erzählt? Als die Bullen uns fast gekascht hatten weil der blöde Maverick mal wieder seine dreckige...«

»Nein, und auch kein Interesse«, fiel ihm 0byte ins Wort. »Hast du was zu trinken da, Cola oder so was?«

»Ich schau mal.« Viking stand auf, hob eine Kiste mit C4 beiseite und zog eine Kühlbox hervor, öffnete den Deckel und griff für jeden eine Büchse raus.

»Aurora-Run?«, warf Quake ein. »Wie der Waffenhersteller Aurora? Oder habt ihr versucht die Sängerin zu entführen?«

»Yo, also das war so...«

»Mal ehrlich«, unterbrach 0byte, »die ist jetzt locker siebzig Jahre alt, hat seit Jahren nichts mehr veröffentlicht. Was sollte das denn bringen die zu entführen?«

»Das war natürlich der Waffenhersteller, also ehrlich, manchmal stellst du dich auch dämlicher an als erlaubt«, warf Viking ein.

»Ja aber bei Aurora einzusteigen klingt auch nicht gerade nach einer klugen Idee, es heißt die haben so 'ne total überdrehte K.I. die für die Absicherung des Perimeters im Cyberspace und im Meatspace zuständig ist. Neulich soll die sogar in einer Nachtschicht einen Typen vom Wachdienst mit einer Mikrowellenkanone das Hirn gebraten weil er seine ID-Karte nicht sichtbar am Hemd hatte«, brachte Quake hervor.

»Klar, der Wachmann und die ID-Karte, eine ältere Großstadtlegende ist dir jetzt nicht eingefallen?«, fragte 0byte gelangweilt.

»Aber deren K.I. ist wirklich krass, kann so viele Berechnungen parallel durchführen das sie,...«

»Die. Haben. Da. Keine. K.I.!«, fiel 0byte abermals ins Wort. »Wie jede Bude von der Größenordnung haben die ein Security Team, eine Firewall, automatische Waffen an der Eingangstür und ein paar anzugtragende Hacker die im Netzwerk rumhängen und alles was denen verdächtig vorkommt wegzappen.«

Er trank einen Schluck von der Cola. »Und bevor ihr zwei jetzt wieder die Märchenkiste auskippt, hätte dein billiger Decoder nicht längst was auswerfen sollen?«

Viking griff zum Laptop. »Wie jetzt, „Passwort ungültig"? Will der mich verarschen? Hat der Idiot mir wieder das falsche Passwort geschickt. Hey, kannst du mal ran? Immerhin bezahlen wir euch für so eine Scheiße.«

Er warf 0byte den Laptop rüber, der bereits in seiner Tasche nach seinen Kabeln suchte. Er steckte die eine Seite in den Port hinter seinem Ohr, und die andere in den Laptop, schloss die Augen und lehnte den Kopf zurück.

Kurz darauf tönte seine Stimme aus dem kleinen Lautsprecher des Laptops, »Welche Datei ist die richtige? 42.tar.gz oder die Tuning.zip?«

»Nicht die 42er. Das ist 'ne Rekursive-Zip-Dings, ähm, Sandy sagt davon platzt einem das Hirn weil es so viele Infos nicht verpacken kann«, sagte Viking.

»Hm. DES Verschlüsselung, wollt ihr das der Dreck entschlüsselt wird falls mal jemand euren Kurier abfängt? Oder verlasst ihr euch einfach darauf das die ZIP- Bombe jedem Schnüffler die grauen Zellen frittiert?«, kam es wieder aus dem Lautsprecher.

Viking setze zu einer Antwort an, wurde aber von dem Signalton seines Mobiltelefons unterbrochen. Er zog es aus der Hosentasche und schaute auf das Display.

»Scheiße, scheiße, scheiße!«, fluchte Viking. »Los, schnapp dir eines der Steyr-Smart-Typ2, wir bekommen Besuch. Und du stöpsel dich aus und versteck den Chip!«, blökte er in den Raum.

»So'n Dreck, ich darf das Steyr noch nicht ankoppeln, mein Implantat ist…«

»Scheiß drauf, entweder du koppelst dich an oder wir fressen gleich Blei.«

Ein Knall dröhnte durch den Raum als eine der Minen im Treppenabgang explodierte, gefolgt von einem Schrei.

»Jetzt mach schon, die Minen halten sie nur kurz auf!«

Quake sprang zur Seite und griff nach einem Gewehr.

»Kann mich mal wer aus der Schusslinie ziehen? Ich bin da gerade an was dran«, lies es 0byte aus dem Lautsprecher tönen.

Die Gewehre waren bereits mit je einem Magazin bestückt und die erste Kugel schon im Lauf, genauso wie es die Unified Rifle Association nicht empfiehlt.

»Scheiß drauf!«, brummte Quake während er seine Hand gegen die Kontaktfläche am Griff drückte. »Was steckt da eigentlich drin? Panzerbrecher oder Explosiv-Munition?«

»Panzerbrecher. Was sonst?«, antwortete Viking während er 0byte vom Sitz stieß, in der Hoffnung er würde hinter dem Sofa landen.

Vor Quakes Augen liefen die Statusmeldungen der Synchronisation des Smart-Links der Waffe durch.

„10%, 20%, 30%"… scheiße, das neue Implantat das Shiny ihm verpasst hatte war schnell, „70%, 80%", kurz flackerte die Anzeige die der Chip in sein Nervensystem projizierte. War das normal? „90%, 95%, sync not complete. force connect?"

»Fuck!«, schrie er, gab den Befehl zum Erzwingen der Verbindung und die Anzeige sprang auf 100%. Wenige Millisekunden später projizierte das System ein Fadenkreuz in sein Blickfeld. Er zog mehrfach den Abzug durch, die Kugeln zischten durch die Luft Richtung der Treppe. Die ersten Kugeln schlugen in die Wand ein und wirbelten Staub und Putz auf, die nächsten trafen den ersten Typen der gerade die Treppe runter kam. Krachend durchbrachen sie die Sicherheitsweste um sich dann in den Brustkorb zu bohren.

»Ey du Pissflitsche, du brichst mir noch das Genick!«, beschwerte sich 0byte als er auf dem kalten Boden auftitschte.

Sekunden später lagen vier Typen auf der Treppe. Eine Waffe fiel die Stufen herunter, gefolgt von dem Arm der sie noch kurz vorher gehalten hatte.

Viking war noch damit beschäftigt die Sicherung seiner 45er zu lösen.

»War's das?«, fragte er nervös.

»Kein Plan. Lade nach«, sagte Quake. Das Magazin flog automatisch aus dem Gewehr und er drückte direkt das nächste rein. Als die Software signalisierte, dass es eingesteckt war, drückte er direkt wieder ab, nur für den Fall das noch jemand die Treppe runter kam.

Als auch das Magazin nach einigen Sekunden leer war, bröselte noch mehr Farbe und Putz von den Wänden.

»Jetzt ist Ruhe im Puff!«, sagte Quake zufrieden, warf das leere Magazin aus und drehte sich zu Viking. »Alter was bist du lahmarschig? Dir kann man ja beim Nachladen die Fingernägel lackieren. Hast du hier auch standard Vollmantelgeschosse?«

Viking deutete auf ein Regal an der Wand, während er versuchte die Sicherung seiner Waffe wieder zu aktivieren.

Quake griff nach dem Magazin und schob es in das Steyr. »Ich geh mal hoch und schau ob bei Herta alles ok ist.«

Bei jedem Schritt Richtung Treppe merkte er wie seine Sicht flackerte, wieso sah er auf einmal die Stufen doppelt? Ein paar Millimeter versetzt sah er einen grünen Schatten der einzelnen Stufen. Aber das Fadenkreuz der Waffe funktionierte bestens. Vielleicht sollte er die Kopplung der Waffe mit seinen Implantaten lösen. Er schob sich vorsichtig die Treppe hoch und stieg über die Körper der Typen, die auf den Stufen lagen. Er schaute runter und suchte nach Abzeichen oder Markierungen. Die Typen waren zu gut ausgerüstet für eine Gang und zu einheitlich für eine Gruppe von Straßen-Samurai. Vermutlich eine SWAT Einheit, vielleicht Bundespolizei oder eine Truppe der Federal Intelligence Agency. Aber seit wann interessieren die sich für so eine verdreckte Imbissbude mit Kellergeschoss?

Er kam wieder oben an, schob langsam den Vorhang zu Seite. Wieder flackerte das Bild, als sich das Fadenkreuz rot färbte und zwei potentielle Ziele markierte.

Vor der Theke stand ein Anzugträger mit einer Sicherheitsweste, um seinen Hals baumelte eine Marke von der FIA. Er hatte Herta einen Arm auf den Rücken gedreht und hielt sie wie einen Schild vor sich und presste ihr eine Waffe an den Kopf.

Das musste der Einsatzleiter sein, warum war er hier drin, eigentlich sitzen solche Lackaffen immer draußen in einem weißen Lieferwagen, schoss es Quake durch den Kopf.

»Waffe runter!«, brüllte der FIA Typ.

»Ok, ok. Chill mal deine Basis Alter. Ich werde nur das Gewehr sichern, du weißt ja, safety first.«

»Schön langsam!«

»Klar doch.«

Quake markierte mit seiner Zielerfassungssoftware die Stirn des Typen, wartete kurz bis ihm „Target Primed" eingeblendet wurde, hob das Gewehr und wartete einen Moment, so dass die Software den Rest seiner Bewegung steuern und den Schuss auslösen konnte. Die Kugel traf den FIA Typen, der sofort nach hinten weg kippte. Herta zuckte nicht einmal.

Sie drehte sich um und schaute auf den Anzugträger, der jetzt langsam den Boden vollblutete.

»Guta Schuss. Genau ins Auge. Hätt ich nich' bessa mach'n könn'«, kommentierte sie.

Verlegen kratzte sich Quake den Hinterkopf. »Ich hab auf die Stirn gezielt.«

»Scheiße man, nich' dein Ernst?«

»Hat doch funktioniert, mecker nicht rum.«

»So, fertig«, gab 0byte über den Lautsprecher aus.

Er öffnete die Augen, zog den Stecker wieder aus seinem Kopf, klappte den Laptop zu und stand langsam auf.

»Hier, der Datenhaufen ist jetzt entschlüsselt.« Er reichte Viking den Laptop an.

»Krass das du das sogar hacken kannst wenn du vom Stuhl gekickt wirst«, entgegnete Viking.

»Ja, deswegen bin ich ja auch der Hacker und du sitzt hier in dem Loch und liest „Chrome & Naked People".«

»Leck mich!«

»Lieber nicht! Lass mal hochgehen und nach den Beiden sehen.«

»Wir kommen rauf.« 0byte nutze den internen Funk um sich bei Quake anzumelden.

»Gesichert!«, schickte Quake über den Funk an 0byte.

Abgesehen von dem toten FIA Agenten sah die Frittenbude aus wie immer. Herta hatte sich eine neue Kippe angezündet und lehnte an der Theke, so als würde sie das alles nichts angehen.

»Und jetzt? Rufen wir jemanden an, der den Müll raus bringt?«, fragte Quake.

»Ne.« Herta drückte die Kippe auf der Theke aus. »Habta'n Wagen dabei?«

0byte nickte stumm.

»Jut, dann schließ ich jetz' noch schnell ab, und dann hau'n wir ab. Mach schon ma' den Wagen fertig.«

Sie ging zur Kasse, drückte wieder die Stornotaste, tippte 47,47 ein und drückte wieder auf Storno. Das Display der Kasse sprang um, zeigte jetzt eine rote „30" und zählte dann langsam runter.

»So, raus jetz' Kinners!«

0byte hatte schon den Wagen angelassen, Quake schob Viking auf die Rückbank, hielt für Herta die Tür auf und stieg dann selber ein.

Als der Wagen sich in den Verkehr einfädelte, kam die erste Stichflamme aus der Fensterscheibe der Frittenbude, gefolgt von einem lauten dröhnenden Knall.

»Wohin jetzt? Soll ich euch irgendwo rauslassen?«, fragte 0byte.

»Jetz' nich' anhalten, hier wird es bald nur so von Bullen wimmeln«, entgegnete Herta.

Als irgendwo die erste Sirene ertönte, griff Quake instinktiv zu seiner Waffe und startete die Synchronisierung der Zielerfassung. Wieder flackerte das Bild als die Waffe an das Nervensystem angekoppelt wurde. Dass er sich gerade mit gut fünfzig Kilometern pro Stunde durch eine mit grellen Werbelichtern durchflutete Stadt bewegte, machte es nicht besser. Langsam aber sicher wurde ihm schwindelig.

»Ja ja, aber wohin jetzt?«, knurrte 0byte.

»Im Outer Rim von Neo Kalkutta hat der Boss immer ein paar Zimmer im „Schläfrigen Dingo" angemietet, so als Unterschlupf, da können wir erstmal hin«, warf Viking ein.

»In die olle Kaschemme? Is' eure Gang echt so runta gekommen, das ihr euch nix besseres leist'n könnt?«

»Ist mir egal, da fahren wir jetzt hin, eine andere Option haben wir ja gerade nicht«, sagte 0byte als er auf das Pedal drückte. Er hoffte inständig, dass der Motorenlärm das Gerede auf der Rückbank übertönen würde.

## 4. 2327668842 MO Okt-05-2043 14:40:42 GMT+0000

Gut fünfzig Minuten später fuhren sie auf den Parkplatz des „Schläfrigen Dingo". Ein Motel irgendwo in der staubigen und götterverlassenen Gegend gelegen, etwas abseits der Straße die schnurgerade auf den Megaplex Neo Kalkutta zulief.

Es war einer dieser Orte wo niemand anhält, außer Kriminelle, Swingerpärchen mit speziellen Vorlieben, Idioten die keinen Reservekanister mit Benzin im Kofferraum haben und Leute die zu doof sind in so einer Gegend ohne Navigationsunterstützung zu fahren.

Der Motor war noch nicht ganz verstummt, da hatten Viking und Quake schon den Wagen verlassen und waren auf dem Weg zur Rezeption. Wobei Quake einen Ausfallschritt machte, so als würde er über die auf dem Boden aufgemalten Markierungen der Parkbuchten stolpern. Er fasste sich an den Kopf. Seit er die Schusswaffe wieder weggesteckt hatte, wurde der Schwindel weniger, dafür setzten jetzt Kopfschmerzen ein.

»Hilf mir mal die Nummernschilder abzuschrauben«, sagte 0byte zu Herta. »Wir sollten einen ausgeliehenen Wagen nicht einfach so rumstehen lassen.«

»Ausgeliehen?«

»Ich wollte ihn ja zurückbringen, aber dann ist deine Frittenbude abgebrannt.«

»Is' schon klar«, entgegnete Herta und zog ein Multitool aus der Tasche, klappte eine kleine Zange aus und begann die Kennzeichen zu lösen.

»Jetzt müssen wir die Dinger nur noch irgendwo verklappen.«

»Schätzeken, wir ham' alle in der Karre alles mit uns'ren Griffeln angefasst, wir müssten dat ganze Ding verklappen.«

»Stimmt.«

»Ich kenn' da einen der auf'm Schrottplatz arbeiten tut, wenn'we dem etwas Kleingeld zusteck'n dann schiebt'a den Wagen ohne Rückfragen in die Presse für Altmetall.«

»Der Wagen besteht außen zum größten Teil aus Kunststoff, den könnten wir besser ins Recycling geben.«

»Hey, steht da nicht so rum. Wir haben die Hochzeitssuite bekommen«, rief Quake quer über den Parkplatz.

Hochzeitssuite, speziell der Wortteil „Suite" konnte in Bezug auf das Zimmer nur als Euphemismus gelten.

Es gab ein Doppelbett, Tisch und Stühle, einen Schrank und eine Minibar. Der Teppich auf dem Boden war gereinigt, die Tapeten hatten keine Flecken und die Fugen im Bad keinen Schimmel. Vermutlich stand „Suite" auch nur als Synonym für „nicht das übliche halb verfallene Zimmer das wir sonst anbieten" oder für „Vorzeigezimmer falls mal jemand vom Gesundheitsamt eine Kontrolle macht".

»Und jetz'?«, fragte Herta um direkt das Problem zu adressieren, das wie ein muffiger Dunst in der Luft lag.

»Ich ruf mal den Boss an, die soll uns hier abholen«, antwortete Viking.

»Und bei der Gelegenheit kannst du ihr auch gleich erzählen, dass wir den Chip abgeliefert und entschlüsselt haben und dafür noch nicht bezahlt wurden«, warf 0byte ein.

Viking kramte ein altes Mobiltelefon aus der Tasche, wischte den Dreckfilm mit dem Ärmel vom Display und suchte in der Kontaktliste nach der richtigen Nummer.

In der Zwischenzeit zog 0byte den Stecker des Telefons, das auf dem Nachttisch stand, aus der Wand, kramte aus seiner Tasche einen TAE-Brainwave-Adapter, steckte ihn in die freie Buchse, wartete eine gefühlt endlose Zeit bis die grüne Kontrollleuchte anging und steckte schließlich das Kabel in den Anschluss in seinem Kopf. Die Welt vor seinen Augen verschwand und wurde von einer digitalen

Repräsentation des weltweiten Datennetzes ersetzt. Es war nicht unüblich das Netzzugänge über den TBA weniger schnell waren als über dedizierte Datenzugänge, dennoch fühlte es sich träge an. Vermutlich hatte das Motel kaum in die Netzanbindung investiert oder die Kabel in den Wänden waren sehr marode.

Egal, für einen kurzen Überblick der Nachrichten und ob die „Heiße Sanierung" von Hertas Laden zu viel Staub aufgewirbelt hatte, würde es schon reichen. Er steuerte direkt ein großes Nachrichtenportal von Neo Kalkutta an und filterte die Meldungen auf den Lokalteil. Lokalteil war ein Wort das eher unpassend wirkte bei einer Stadt die so groß war wie zwei Großstädte des letzten Jahrhunderts. „Imbiss Bude in Pine Valley abgebrannt", die Welt wusste also Bescheid, dass sie Staub aufgewirbelt hatten, aber wohl nichts Konkretes. Zu gerne würde er sich jetzt in das System der Polizei hacken und als Ermittlungsergebnis ein Gasleck oder einen Brand der Fritteuse eintragen, dann wäre das Thema bestimmt schneller aus den Medien wieder raus. Aber hier war ihm der Anschluss zu lahm, sollte er eines der Intrusion-Defence-Systeme dabei versehentlich auslösen, käme er sicherlich nicht schnell genug aus deren Server und sie würden ihm entweder die Synapsen durchbrennen oder noch schlimmer, zurückverfolgen und einkassieren.

Es war wohl besser erstmal wieder auszuloggen und abzuwarten. Mit einem kurzen flackern verschwand die digitale Welt und er sah wieder die elende Wirklichkeit und die einengenden Wände des Zimmers vor sich. Es fiel ihm schwer zu beurteilen wie viel Zeit er in der virtuellen

Welt verbracht hatte. Warum war in den Cortex-Network-Chips kein Script implementiert um die Zeit zu erfassen? Er machte sich eine geistige Notiz das bei Zeiten mal nachzuholen.

Herta hatte sich auf das Bett gelegt. Viking saß am Fenster und schaute auf den Parkplatz wobei er den Blick immer hin und her schweifen lies, wie ein nervöses Erdmännchen das aus seinem Bau rausschaute. Quake hatte ein paar Eiswürfel in ein Handtuch gewickelt und versuchte die sich ausbreitenden Kopfschmerzen einzudämmen.

»Da bist du ja wieder«, brachte Viking hervor als er merkte das sich 0byte wieder bewegte und mit seinem Bewusstsein wohl wieder im Meatspace angekommen war. »Hab mit Omega gesprochen, sie schickt uns nachher jemanden vorbei. Kann aber ein oder zwei Stunden dauern. Bis dahin bestelle ich uns mal eine Soy Salame Double Peperoni BBQ'd Cheddar Pizza.«

»'Nen Scheiß wirst du tun!«, brummte Quake. »Wir bestellen uns jetzt nicht Gott und Welt an die Zimmertür und halten lieber ein flaches Profil.« Er wollte zur Waffe greifen um seinen Worten Nachdruck zu verleihen, entschied sich aber dagegen, da es seinen Kopfschmerzen nicht zuträglich wäre. An Tagen wie diesen wünschte er sich auch eine gute alte Low-Tech Waffe zu haben, eine Halbautomatik mit kleiner LED zur Anzeige des Ladestandes, Aufsatz für einen Laserpointer und ein Ventil zur Minderung des Rückschlages. Etwas Einfaches halt, das sich nicht bei jeder Nutzung an das Nervensystem ankoppelt und sich

mit seinen letzten noch normal funktionierenden Hirnzel-
len synchronisieren will.

32

# 6. 2327680951 MO Okt-05-2043 18:02:31 GMT+0000

Die Abenddämmerung hatte schon eingesetzt, wodurch die Gegend um das Motel herum noch trostloser und verlassener aussah.

Viking saß immer noch am Fenster und sondierte die Gegend.

Herta hatte den Fernseher eingeschaltet, die Einwegkopfhörer aus dem Nachttisch aufgesetzt und zog sich ein Remake von „Tokyo Love Story: Doki Doki" rein.

Quake hatte sich im Sessel zurückgelehnt und die Augen geschlossen.

0byte saß im Schneidersitz auf dem Boden und spielte mit seinem Mobiltelefon rum.

Ein Klopfen durchbrach die Stille. Alle, außer Herta, schreckten hoch.

»Dreck!«, rief Viking. »Ich hab da gar keinen über den Parkplatz kommen sehen.«

Er ging zur Tür, sah durch den Türspion. »Ich seh' da niemanden.«

Es klopfte wieder.

Herta nahm die Kopfhörer ab und setze sich aufrecht hin.

Vorsichtig öffnete Viking die Tür einen Spalt breit und schaute raus. Nichts und niemand war zu sehen.

Dann ging ein Ruck durch die Tür, so dass sie ihn in den Raum schob. Ein Schatten huschte hinein und die Tür fiel kurz darauf wieder in das Schloss.

Eine Person in schwarzer enganliegender Kleidung, einer schwarzen Maske im Gesicht und einem Rucksack stand plötzlich im Raum.

»Für jemanden der für ein paar Stunden nicht auffallen wollte, machst du ziemlich viel Lärm«, sagte die Gestalt und schaute Viking dabei mit einem strengen Blick an.

»Aber, ich hab dich nicht über den Parkplatz kommen sehen«, sagte Viking, immer noch fassungslos.

»Wer sagt denn, das ich über den Parkplatz gekommen bin?«, dabei zog sie die Maske vom Gesicht.

Erst jetzt, als er die spitz zulaufenden Ohren der Frau sah, erkannte Viking wer vor ihm stand.

»Krass! Ich hätte ja nie erwartet, dass der Boss mal Firiel anheuert um uns zu helfen! Ich wollte dich schon immer mal fragen welcher Doc dir die Ohren gemacht hat. Ist das nur Style oder ist da auch Elektronik drin verbaut? Cyberwave von SonoHeiser?«

»Quatscht der immer so viel?«, fiel Firiel ihm ins Wort.

»Darf ich die Ohren mal anfassen?«, nahm Viking den Faden direkt wieder auf.

»Finger dran, dann Finger ab«, entgegnete Firiel und warf ihm einen mahnenden Blick zu, wandte dann den Blick wieder zum Rest der Gruppe und stellte ihren Rucksack auf den Tisch. »Also, hier drin ist das Geld für die beiden Kuriere, die den Chip heute gebracht haben. Die Daten nehme ich direkt mit, Omega ist gerade etwas ungeduldig wie ihr euch vorstellen könnt. Hundert Meter die Straße runter habe ich euch einen 23er Elaris geparkt, damit könnt ihr morgen wieder in die Stadt fahren. Der Schlüssel ist auch im Rucksack.«

»Hier sind die Daten drauf, sind schon entschlüsselt«, sagte 0byte und reichte ihr den Laptop.

Wortlos nahm sie das Gerät und schob es in eine schwarze Tasche, die in ihrem Overall eingenäht war. Sie zog die Maske wieder auf und wandte sich zum Gehen. Sie hatte schon die Türklinke in der Hand, da drehte sie den Kopf noch mal rum. »Mit welchem Wagen seid ihr gekommen? Dem alten roten Viertürer auf dem Parkplatz?«, fragte sie und 0byte nickte kurz zur Bestätigung. »Ok, ich werde mich dann um die Entsorgung kümmern.«

Sie zog die Tür wieder hinter sich zu. Viking ging direkt zum Fenster und schaute ihr hinterher, konnte sie aber auf dem Parkplatz nicht mehr ausmachen, einige Augenblicke später gingen die Lichter an dem Wagen an und er fuhr vom Parkplatz.

»Zähl mal die Tottos nach«, warf Quake ein. »Man weiß ja nie.«

»Meinste wirklich das eine wie die auf'fe Idee kommt das Geld von andere Leute raus zu nehmen? Ma' ehrlich, die is' bestimmt 'ne treuere Seele als wie der Vinking«, kommentierte Herta bevor sie wieder die Kopfhörer aufsetzte und sich wieder dem Fernsehprogramm widmete.

## 7. 2327865336 MI Okt-07-2043 21:15:36 GMT+0000

»So so, der feine Herr hat also Bargeld bekommen. Da weiß ich ja schon wie du mich bezahlen kannst. Oder habt ihr direkt alles im BurgerHut auf den Kopf gehauen?«, fragte Shiny.

»Nein, 0byte hat mich direkt vor deiner Tür raus gelassen. Davon ab, wie sollte ich denn meinen Anteil von fünftausend auf einen Schlag in so einem Laden durchbringen? Ist ja nicht so, dass die echtes Fleisch verkaufen würden.«

»Super, dann kannst du die dreieinhalb großen Scheine, die du mir noch schuldest, ja direkt begleichen.«

Der Computer auf dem Tisch piepte dreimal kurz und einmal lang.

»Bist fertig«, sagte Shiny. »Soll ich noch in das Log der restlichen Implantate sehen?«

»Was soll's, mach mal«, antwortete Quake.

*:~$ ls -lah /mnt/diagnose1 | error_log.sh*

Die Ausgabe lief seitenweise über den Bildschirm.

»Ach sieh mal einer an, du hast ja bei deinen Athletic Pro Muscles das Wartungsintervall verpasst. Da muss mal neues Öl, oder wie immer die den synthetischen Kram nennen, aufgefüllt werden.«

Sie drehte den Kopf zu ihm rüber. »Du hast dir allen Scheiß auf dem Schwarzmarkt oder sagen wir besser, bei nicht lizensierten Werkstätten, einbauen lassen, aber die Kunstfasermuskeln hast du offiziell bei Arctic Limited einbauen lassen. ¿De veras?«

»Naja, ich war jung und unerfahren«, entgegnete er.

»Also, ich hab zufällig ein sehr gutes und einhundert Prozent kompatibles Ersatzprodukt für deren „Öl" hier auf Lager. Wenn du willst kann ich dir das in deine Muskeln injizieren. Aber denk dran, dass dann die Garantie futsch ist. Kannst dir ja durch den Kopf gehen lassen während ich dich wieder abstöpsel.«

*:~$ unmount /dev/patient/ --target /mnt/diagnose1*

Direkt nach dem sie den Befehl eingegeben hatte, musste Quake unwillkürlich blinzeln, als das Bild kurz vor seinen Augen flackerte.

»Ja ja, da hast du schon keine echten Augen mehr, sondern nur eine verchromte Sensorfläche im Schädel, aber wenn was nicht stimmt, dann will die graue Masse im Schädel einmal blinzeln. Kannst den Stecker jetzt rausziehen.«

»Na gut, ich komm die Tage mal vorbei und dann kannst du die Wartung der Muskeln machen.«

»Genau, vertrau nicht den Konzernen, vertrau deiner freundlichen nicht lizenzierten Hinterhofschrauberin. Ich will nur dein Geld und dich nicht in einen seelenlosen Wartungsvertrag zwingen der dich auf Jahre an eine Werkstatt bindet, die nur so gut ist, wie der Praktikant der das Werkzeug desinfiziert.«

»Was?«

»Ach, du weißt doch wie es läuft.«

Aus dem Gewirr an Kabeln und Adaptern auf dem Tisch ertönte ein Klingeln.

»Oh, warte mal kurz, da muss ich dran gehen...«

Shiny griff zielsicher zwischen den Kram auf dem Tisch und zog ihr Mobiltelefon heraus, drückte den grünen Knopf und setze sich auf die Tischkante, »¿Hola?«

Eine elektronisch verzerrte weibliche Stimme dröhnte aus dem Lautsprecher. Shiny verzog das Gesicht, nickte gelegentlich und brachte dabei ein monotones »Hm« hervor.

»Eine Million N₩?«, platze es nach einer Weile aus ihr heraus. »Für jeden?«

Sie hatte Mühe die Kinnlade wieder hoch zu ziehen.

»Ja, hmhmmm, den ersten musst du selber anrufen, dem anderen sage ich Bescheid, der sitzt gerade neben mir und wartet darauf, dass ich ihm eine neue TÜV-Plakette auf den Hintern klebe. ... Gut dann morgen Abend im Soundgarden.« Sie drückte den roten Knopf auf dem Mobiltelefon und warf es zurück auf den Tisch.

»Wir zwei haben morgen Abend eine Audienz bei Omega gewonnen.«

»Verdammt, die ist sauer weil bei der Aktion die Frittenbude abgebrannt ist. Wahrscheinlich wartet bei dem Treffen auch schon die Assassine mit den spitzen Ohren auf uns.« Eine gewisse Unsicherheit war in Quakes Stimme zu hören.

»Quatsch. Wenn sie dich kaltstellen wollte, hätte sie das schon in dem Motel gemacht.«

»Stimmt auch wieder. Aber was kann sie wollen, dass sie uns beide haben will?«

»Das ist die wirklich gute Frage. Morgen sind wir schlauer. Aber jetzt kannst du mir noch das Bargeld geben, und dann vaya con dios. Ich will langsam Feierabend machen und zu meiner Freundin auf's Sofa.«

Quake kramte in der Innentasche seiner Jacke und legte die zuvor geforderte Summe in Form von mehreren 100N₩ Scheinen auf den Tisch.

Sie nahm das Geld, knickte den Stapel einmal, steckte ihn in eine mit Druckknöpfen gesicherte Tasche und hielt Quake die Tür auf.

Hinter dem Einkaufszentrum, vorbei am Straßenstrich, jenseits der alten Industrieruine, die mal ein Stahlwerk war, lag ein alter Parkplatz, den sich die Natur Stück für Stück zurückeroberte. An vielen Stellen waren die Schlaglöcher, die sich im Laufe der Zeit gebildet hatten, nur mit Schotter und Kies aufgefüllt worden. Wenn man ganz leise war, konnte man sogar Grillen zirpen hören.

Diese Idylle wurde jäh unterbrochen als ein Wagen auf den Parkplatz fuhr und seine Scheinwerfer die Dunkelheit vertrieben. Jetzt war auch das Gebäude, zu dem der Parkplatz gehörte, zu erkennen. Es war größtenteils mit Efeu zugewachsen, lediglich der Bereich um die Tür war noch frei. Offenbar wurde sie noch regelmäßig genutzt. Das große Schild mit der Aufschrift „Soundgarden" war schon vor einiger Zeit heruntergefallen.

Shiny stellte den Motor ab, womit auch das Licht direkt erlosch.

»Lass mal rein gehen, wir werden bestimmt schon sehnsüchtig erwartet«, sagte sie zu Quake.

Sie stiegen aus und gingen in Richtung der Eingangstür.

»Echt traurig was aus dem Laden geworden ist. Der hatte einfach alles. Eine große Tanzfläche, laute Musik, wenn man jemanden hinter der Theke kannte bekam man auch Bier das nicht verwässert war, auf der Toilette wurden illegal importiere Chips für Computer verkauft...«

»... und der Boden klebte immer als hätten sie ihn jeden Abend frisch mit Zuckerwasser eingerieben«, ergänzte

Quake. »Frage mich echt warum der Laden geschlossen wurde.«

»Würde auf Gesundheitsamt, Finanzamt oder die Mafia tippen. Nicht zwingend in der Reihenfolge«, antwortete Shiny.

Die Tür öffnete sich unter lauten quietschenden Geräuschen, von denen sich einem die Nackenhaare aufstellten.

Dann ging es ein paar Stufen runter, vorbei an der Garderobe, aus einer Tür am Ende des Ganges kam Licht.

Sie gingen den Gang entlang und standen auf einem Balkon dessen Brüstung etwas über die unten befindliche Bar ragte. Von dort ging eine stählerne Wendeltreppe runter in den Bereich der Tanzfläche.

Etwas abseits stand ein Billardtisch, dessen Tuch schon stark verschlissen war und erste kleinere Löcher aufwies. Auf der Kante saß 0byte und drehte einen zwölfseitigen Rubic's Cube in seinen Händen hin und her, der noch zum großen Teil unsortiert war. An der Bar stand eine schlanke Person mit langen, Haaren die durch einen Undercut recht eigenwillig zur Seite fielen. Sie hatte einen langen Mantel aus Kunstleder an, der ihrer Körperform einen androgynen Eindruck verlieh. Das auffälligste an dieser Person war die schwarze N95 Maske an der Kunststoffteile in Keflar-Karbon-Optik angebracht waren. Es war schwer zu sagen ob diese einfach nur die Gesichtsform verdecken sollte oder auch einen effektiven Schutz vor Verletzungen, Viren oder kleinen Partikeln bieten konnte.

»Schön, dann sind ja jetzt alle da. Fangen wir an.« Die Stimme klang weiblich und elektronisch verzerrt. »Für diejenigen die mich heute zum ersten Mal persönlich treffen, mein Name ist Omega.«

0byte legte den Dodekaeder zur Seite und stand auf.

Quake und Shiny waren die Treppe herunter gekommen, zogen sich einen Stuhl heran und setzten sich. Omega stellte sich demonstrativ in die Mitte.

»Es gibt etwas im Verwaltungsgebäude von Advanced-RISC-Chips, das ich haben möchte. Wenn ich das Objekt habe, zahle ich jedem von euch eine Million, wahlweise bar oder auf ein Konto bei einer Bank eurer Wahl in den Konföderierten Skandinavischen Staaten. Wer kein Interesse an dem Job hat, sollte jetzt gehen!«

Shiny sah fragend zu den anderen beiden, aber keiner machte Anstalten zu gehen.

»Schön. Also hier sind die…« setze Omega an, wurde jedoch von Quake unterbrochen. »Eine Frage habe ich, ich kann mir nicht vorstellen das eine Gang die in einem kleinen abgesteckten Revier in Neo Kalkutta Waffen vertickt so viel Geld macht, dass sie auf einmal Aufträge im Wert von drei Millionen raushauen kann. Sonst spielt ihr immer in der Liga der kleinen Kurierjobs für zehntausend.«

»Rein technisch war das keine Frage«, erwiderte Omega.

»Wenn ich mal kurz dazwischen darf«, warf Shiny ein. »Das mit der kleinen Gang die mit Waffen in einem Vorort in einem Megaplex wie Neo Kalkutta handelt, ist vermutlich eine der am besten gestreuten Falschinformationen die man sich nur vorstellen kann.«

Omega zog eine Augenbraue hoch.

»Erstens,« fuhr Shiny fort »wer Kistenweise Gewehre von Steyr mit panzerbrechender Munition rumstehen hat, will nicht den Markt der Kleinkriminellen in Vororten bedienen. Zweitens, bei einer Gang kommt die Polizei mit einem SWAT Team und nicht die FIA. Drittens, eine Imbissbude die praktisch nie Kundschaft hat, ist besser geeignet um Geld zu waschen, als das sie eine unauffällige Tarnung für eine Gang wäre. Ich würde ja eher auf einen international operierenden Waffenschieberring tippen, der so gut getarnt ist, das die Bullen dafür nicht den Hintern hochheben und bei der FIA der Schwellenwert für „da müssen wir jetzt richtig viel Energie investieren" nicht erreicht wird. Wobei sich letzteres mit der abgebrannten Frittenbude geändert haben dürfte.«

»Wenn ihr dann fertig seid, würde ich gerne weitermachen«, sagte Omega ohne die Ausführungen ansatzweise zu kommentieren.

»In dem Verwaltungsgebäude von ARC befindet sich im Kellergeschoss ein Serverraum mit Prototypen. Untergeschoss zwei, Reihe drei, Schrank zehn, der zweite Hardware-Einschub von oben. Daraus brauche ich die General Data Processing Unit samt deren Sockel in dem sie steckt. Keine Macken, keine verbogenen Kontakte. Klar?« Sie wartete einen kurzen Moment um Platz für Fragen zu lassen. »Gut. Außerdem die Protokolldateien der Datenbank DB-alpha-prod-01. Und zwar vom ersten Tag an, so viele wie möglich. Versucht die Daten erst gar nicht in irgendwelchen Chips zu speichern die ihr in eurer grauen Masse angeschlossen habt, der Platz wird nicht reichen. Ihr werdet viel Speicher brauchen. Um Admin-Zugang zu der Datenbank zu bekommen, habe ich euch ein paar Passwörter besorgt, das spart euch Zeit und bringt das System nicht gleich in Alarmzustand. Die restlichen Infos die ihr benötigt findet ihr auf dem Laptop dort.« Sie zeigte in Richtung der Bar.

»Ist nicht wahr? Jetzt sag nicht du fütterst uns mit den Daten, die wir in den letzten Tagen für dich durch die Stadt getragen haben?«, brachte 0byte überrascht hervor.

»Doch. Ich musste erst sicherstellen, dass alles vorhanden ist. Sonst noch Fragen?«

»Gibt es ein Zeitlimit?«, fragte Quake.

»Nein. Eine erfolgreiche Durchführung ist wichtiger als eine schnelle. Aber: Kein Erfolg, kein Geld.«

»Diskret oder geht auch „Ballern aus allen Rohren"?«, schob Quake als zweite Frage nach.

»¿Estás loco? Dir ist schon bewusst, dass du von uns dreien der Einzige bist, der den Weg zur vercyberten Kampfdrohne beschritten hat? Wenn wir da rein gehen und direkt den Alarm auslösen, kommen wir alle in einem Plastiksack nach Hause«, kommentierte Shiny und warf ihm einen irritierten Gesichtsausdruck zu.

»Ihr könnt vorgehen wie ihr wollt. Nur sorgt dafür, dass euch nicht die Polizei, FIA oder noch schlimmer, die Konzerntruppen von ARC folgen«, stellte Omega fest.

Ein betretenes Schweigen legte sich wie eine Wolldecke über den Raum.

»Gut. Da sonst wohl keine Fragen offen sind, kann ich mich ja jetzt anderen Themen widmen.« Omega sah demonstrativ auf ihre Uhr. »Meldet euch wenn es etwas zu vermelden gibt.«

Mit diesen Worten drehte sie sich um, ging quer durch den Raum Richtung Hinterausgang und lies die Drei stehen wie bestellt und nicht abgeholt.

»Eine Million, ich glaube es einfach nicht«, sagte Quake nach einer Weile mit einem breiten Grinsen.

»Ein Million. Fühlt sich aber noch nicht so an als wenn wir das große Los gezogen hätten, eher so als würden wir unsere Seele an den Teufel verkaufen«, entgegnete 0byte.

»Schlafen wir erstmal eine Nacht drüber. Morgen um 08:00 Uhr in meiner Werkstatt? Dann sprechen wir das Ding mal durch.«

## 9. 2327990581 FR Okt-09-2043 08:03:01 GMT+0000

Die Sonne war schon aufgegangen und begann den Asphalt und den Beton der Stadt aufzuheizen. Die bunten Reklametafeln drehten die Helligkeit auf um mit der natürlichen Beleuchtung konkurrieren zu können.

Shiny hatte schon eine Kanne Kaffee gekocht, einen alten Gartentisch und passende Stühle in die Werkstatt gestellt, sowie ein paar Schachteln Pizza als Zwischenmahlzeit organisiert.

Ihre neu gewonnenen Arbeitskollegen, die sie bis gestern noch rein als ihre Kundschaft bezeichnet hatte, klopften an der Tür.

»Der Konferenzraum ist schon hergerichtet«, brachte sie hervor als sie die Tür aufzog.

»Gemütlich. Hier, hab noch ein Sechserpack Yellow-Yack-Energy mitgebracht, falls mal jemand einen Zuckerschub braucht«, sagte 0byte und sah sich direkt nach einem Kühlschrank um.

Es brauchte einen Moment, bis alle ihre Sachen abgestellt hatten und mit einer Tasse Kaffee am Tisch saßen.

Shiny holte einen kleinen schwarzen Kasten, der zwei Antennen und eine Reihe Statuslampen angelötet hatte, aus einer Schublade, schaltete ihn ein und wartete auf die grünleuchtende LED.

»Störsender, nur für den Fall das jemand sich über Nacht eine Wanze zugezogen hat. Also, hat schon jemand eine Idee wie wir das angehen?«, eröffnete Shiny das Thema.

»Wir gehen abends mit dem Putzpersonal rein, verstecken uns in der Besenkammer und warten bis es Nacht ist«, erwiderte Quake.

»Oder, wir versuchen das etwas strategischer«, entgegnete 0byte.

»Hast schon eine Idee?«

»Ich hab mal den Laptop durchforstet, den wir bekommen haben. Ist ziemlich viel an Passwörtern und Zugangscodes enthalten. Aber wie wir die Sachen im Detail einsetzen können, wird sich wohl erst zeigen, wenn wir vor irgendwelchen Hindernissen stehen. Sind vermutlich auch etliche Zugangsdaten für eher unwichtige Systeme wie die Arbeitszeiterfassung und so was enthalten«, sagte 0byte.

»Wissen wir wie die Türen gesichert sind?«, fragte Shiny.

»PIN Code und Fingerabdruck, beziehungsweise mit ID-Karten.«

»Also wohl doch ein Job für das Brecheisen«, entgegnete Quake.

»Momentito por favor. Vielleicht fangen wir noch mal ganz von vorne an. So bei den kleinen Dingen.« Sie fühlte direkt wie die Blicke der beiden zu ihr wanderten.

»Also, Funkverbindung zwischen uns während wir das Ding durchziehen. 2,3 Gigahertz für Funk innerhalb des Hauses, fünfhundert Megahertz für außerhalb, beziehungsweise für größere Entfernungen. Damit sind wir nah genug an den offiziellen Funkbändern um nicht aufzufallen, aber weit genug entfernt das sie uns nicht stören.« Sie zog eine kleine Schachtel aus der Tasche, klappte sie auf und ergänzte, »Hatte mir neulich ein Zweikanal-In-Ear-Comm zugelegt. Kann ich dann endlich mal testen.«

»Du hast nicht mal Funk eingebaut? Überhaupt irgendwas?«, fragte Quake.

»Nada, einhundert Prozent naturbelassener Homo Sapiens.«

»Warum? Ich meine, du verkaufst uns den ganzen Cyberware Kram und hast selbst nichts? Ist das so eine „Ich hatte Glück bei der Gen-Lotterie in der Gebärmutter und brauche die Technik nicht“ Einstellung?«

»Hab oft drüber nachgedacht was zu implantieren. Aber solange die Pan-Australische-Allianz ballistische Raketen mit elektromagnetischen Sprengköpfen hat, baue ich mir nichts ein. Mag ja sein das du nur Angst davor hast das die damit das Stromnetz oder deinen Computer lahmlegen, aber wenn der EMP es schafft das deine Implantate einen Kurzschluss bekommen, dann hast du halt verkohlten Elektroschrott im Kopf«, erklärte sie.

»Bitte?«, brachte Quake sichtlich erschrocken hervor.

»Ach, denk einfach nicht drüber nach Großer, das passiert schon nicht«, versuchte sie ihn zu beruhigen.

»Eigentlich wollte ich nicht mit euch die geopolitischen Verwirrungen und deren Auswirkungen auf die militärische Aufrüstung diskutieren. Wenn das Thema mein Fetisch wäre, würde ich eine Talkshow im Konzern-TV ansehen«, unterbrach 0byte die beiden, kippelte mit dem Stuhl nach hinten und fischte mit einem Arm ein Stück Pizza aus einer der Schachteln.

»Hmm, Pizza Hawaii.« Er biss ab, kaute zwei Mal und ergänzte dann mit halb vollem Mund. »Ich werde mich in deren System einloggen, die Kameras manipulieren und die Türen entriegeln. Danach kopiere ich die Datenbank und in der Zeit baut ihr den Prozessor aus.«

»Ja ne, ist klar«, brachte Shiny ein. »Bist du über Nacht in den Olymp der Hacker aufgestiegen? Nicht mal Hack & Slash sind so bekloppt und wagen es, ohne Plan B, in so ein großes System einzudringen und an drei Stellen gleichzeitig rum zu fruckeln. Hast du etwa die Old-New-Yorker Cyberarmy oder das Wittmann-Kollektiv in der Hinterhand? Vertraust du einfach darauf, dass du mehr Glück als Verstand hast?«

»Lass das meine Sorge sein. Sorgt ihr dafür das ihr alles Wichtige an Werkzeug dabei habt.«

»Na gut, dann lassen wir den Bit-Jockey mal machen. Was brauchen wir denn sonst noch wenn wir da drin sind? Dietriche, Lötkolben, Rauchgranaten, zwei Rollen Klebeband, Taschenlampen, Schraubendreher, eine Kombizange, Nagelfeile und irgendwas wo wir den Prozessor einpacken können«, zählte Quake auf.

»Ein paar blanko Plastikkarten für NFC, RFID, Crypt-Chip und zur Sicherheit auch eine altmodische mit Magnetstreifen, ein Gerät um die Karten zu kodieren, Batteriepack, ein paar Neodym-Magnete und Handschuhe damit wir keine Fingerabdrücke hinterlassen«, ergänzte Shiny.

»Wofür die Nagelfeile?«

»Du sagst uns ja auch nicht, wie du das Ding im Cyberspace wuppen willst, dann müssen wir dir auch nicht sagen wie wir das im Meatspace machen«, entgegnet sie schnippisch.

»Hey, das muss laufen wie ein Uhrwerk. Da ist nicht viel Spielraum für Patzer. Und wenn wir das Ding noch mal anlaufen müssen, dann wird es nicht einfacher! Das ist ein Auftrag für eine Million. Wenn wir das durchziehen, dann gehören wir zur Elite«, entgegnete Quake.

»Jetzt fahr wieder runter. Ich geh etwas Kram im Netz klären und ihr zwei legt eure Nagelfeilen bereit. Falls irgendwas ist, was wollen wir als unauffälliges Codewort nutzen?«

»7R.«

»Steakhaus.«

»Bootloader.«

»Nachtigall.«

»Inquisition.«

»Peekaboo.«

»Peekaboo?«

»Ja, ist jetzt kein Wort das du in einem Satz normalerweise verwenden würdest.«

»Stimmt, darauf einen Kaffee«, sagte Shiny.

0byte griff nach einem weiteren Stück Pizza und wandte sich zur Tür. »Ich muss mal los etwas cybern gehen, ich komm später noch mal vorbei. Dann kann ich euch etwas mehr sagen.«

Hinter ihm fiel die Tür wieder zu.

Shiny stellte die Tasse ab, schloss die Augen und rieb sich mit einer Hand über die Stirn. »Ist der immer so anstrengend oder nur wenn er zu viel von den Energie-Drinks hatte?«

»Vermutlich sind wir alle „anstrengend". Wenn wir anders wären würden wir mutmaßlich auch Lohnsklaven mit einem Acht-Stunden-Tag sein und nicht Söldner die bei Nacht und Nebel Aufträge ausführen, die von der Judikative verfolgt werden, weil Lobbyisten der Konzerne der Legislative erklärt haben, dass sie diese für illegal erklären sollen.«

»Seit wann kannst du so philosophisch sein?«, erwiderte sie mit einem ungläubigen Gesichtsausdruck.

0byte zog den Reißverschluss von seinem Hoodie weiter zu und die Cappy etwas tiefer ins Gesicht als er den Kiosk betrat.

Es war einer der Läden die rund um die Uhr offen hatten und das an jedem Tag der Woche. Es gab hier alles zu kaufen, was man spontan brauchte, um in einem Megaplex wie Neo Kalkutta zu überleben.

»Hey Kai, alles im Lot auf'm Boot?«, warf er als Begrüßung in den Raum.

»Klar, alles in Butter auf'm Kutter!«, kam serer Antwort zurück.

»Gib mir mal ein Paket Kaugummi, einen Schokoriegel mit Erdnüssen und, ehm, ist Telefonzelle drei frei?«, mit diesen Worten legte er einen 50N₩ Schein auf die Theke.

Kai zog den Geldschein mit zwei Fingern ran und steckte ihn in die Brusttasche serer Flanellhemdes. »Klar, die drei ist frei.«

»Danke. Dauert auch nicht lange.«

Die Telefonzelle war ein mit Glasscheiben abgetrennter Bereich, darin ein altes Telefon mit Münzeinwurfschacht, einem verdreckten Ziffernblock und einem Hörer aus dessen abgerissenen Kabel die Drähte herausragten.

Er nahm das Schild mit der Ausschrift „Defekt! Techniker ist informiert!" ab. Darunter befand sich ein Anschluss der den Zugang zur virtuellen Welt bereitstellte. Er kramte sein Kabel aus der Jackentasche und steckte ein Ende in seinen Anschlussport und klemmte das andere Ende an die Drähte des Telefons. Kein langes Warten wie im Motel.

Es war unklar was Kai alles in dem alten Telefon an Technik verbaut hatte, aber es war gut und schnell.

Die Welt verschwand vor seinen Augen und er fand sich im weltweiten Datennetz wieder. Den Begriff Matrix hatte er nie gemocht, zu sehr abgenutzt von Hollywoods endloser Produktionsmaschinerie. Cyberspace, das klang in seinen Ohren wenigstens mystisch.

Er schob den Gedanken beiseite, startete den Zugriff auf seinen eingebauten Speicher.

*/~/chat.sh*

Es dauert einen Moment bis das Programm bereit war, es war eines der Programme, die er nicht fertig kompiliert gespeichert hatte. So konnte er immer, wenn er es als nötig empfand, etwas am Quellcode ändern.

Dann fand er sich in einem leeren Raum wieder, mitten in der Luft hang der Schriftzug „secure cyber chat construct" und darunter eine Liste mit seinen Kontakten. Er scrollte die Liste runter, der Name den er suchte, war recht weit unten, weil er ihn in der letzten Zeit recht selten ausgewählt hatte.

Wie jedes Mal fragte er sich wie früh Martin Whitfield angefangen hatte den sccc zu nutzen, dass er es geschafft hatte sich einen Namen mit nur einem Zeichen zu erstellen. Vielleicht hatte er Teile des Chat Systems selber programmiert und konnte sich so zeitig einen Namen sichern. Egal, das war eine Frage für ein anderes Mal.

Die erste Textzeile wurde eingeblendet.

```
∞ -> wer ruft mir?
0byte -> das script zeigt dir den namen an
∞ -> das weiss ich selbst.
```

Obyte -> verkaufst du noch die code-brecher software?

∞ -> welche genau? ich hab da mehr als nur eine
programmiert.

Obyte -> die eine die es nicht auf dem regulären
markt zu kaufen gibt

∞ -> ah, das grosse virtuelle geschuetz. du
weisst, dass das 250 grosse scheine kostet?

Obyte -> puh, ich hatte jetzt mit 100 gerechnet

∞ -> fuer 100 kann ich das nicht rausgeben.
weisst du was los waere, wenn jeder moechtegern
hacker und jedes script-kiddy das es geschafft
hat etwas geld zusammenzukratzen, mit der software im cyberspace unterwegs waere? die idioten
wuerden binnen stunden einen schwachsinn verzap-
fen der die reale welt in flammen setzen wuerde.
also, hast du das geld?

Obyte -> noch nicht. nächste woche!

∞ -> naechste woche ist zu spaet. wer weiss
schon ob du dann noch auf freiem fuss bist. du
hast das geld jetzt oder meldest dich noch mal
wenn du es hast.

Obyte -> hm… können wir uns nicht anders einigen?

∞ -> schoen. angebot: ich kopier dir die software und limitiere sie auf 3 anwendungen. aber
nur weil du es bist. als gegenleistung schuldest
du mir einen gefallen. und dann will ich kein
gejammer hoeren das du spontan keine zeit hast,
im krankenhaus liegst oder auf der beerdigung
deines kleinen bruders bist. wenn ich anrufe und
„spring" sage, dann fragst du nur wie weit und
wie hoch.

Obyte -> jaja, schon verstanden

∞ -> gut!

<File Transfer Complete>

Obyte -> cool. danke. ich muss los, wir sehen uns

Der Raum löste sich auf und 0byte stand wieder im öffentlichen Datennetz. Ohne lange zu zögern loggte er sich komplett aus.

Frust machte sich in ihm breit. Denn langsam wurde ihm bewusst zu welch hohem Preis er die Software bekommen hatte, von der alle sagen das sie wie eine magische Silberkugel funktioniert, aber deren Funktion er noch nie im Einsatz gesehen hat. Er hatte quasi die Katze im Sack gekauft. Mit de facto dem höchsten Preis, den es für einen Hacker auf dem Schwarzmarkt gab, da wollte er sich zumindest einreden, dass die Katze wohl lebendig ist und falls es nötig ist, auch maunzen würde.

Er zog das Kabel raus, packte das „Defekt" Schild wieder an seinen Platz und ging zurück zur Kasse. Kai hatte bereits die Sachen auf die Theke gelegt.

»Das macht dann 4,95N₩.«

0byte legte einen Fünfer hin. »Stimmt so. Moment, was hast du mit deinen Fingernägeln gemacht? Der rosa Nagellack steht dir nicht, das rot fand ich besser.«

»Du hast doch keine Ahnung was stylisch ist«, sagte Kai und zwinkerte ihm zu. »Sonst würdest du nicht die alte Cappy zu dem dunklen Hoody tragen.«

»Wir können ja nicht alle so eine Fashion Ikone sein wie du. Also, ich muss los, wir sehen uns.«

# 11. 2328005936 FR Okt-09-2043 12:18:56 GMT+0000

Das Brummen der Türklingel unterbrach Shiny beim zählen der Dietriche.

»Mierda«, fluchte sie leise, ging zu dem kleinen Monitor an der Wand und schaute wer vor der Tür stand.

Dann öffnete sie die Tür und zog die Person unvermittelt am Kragen hinein.

»Und solltest du auf die Idee kommen bei der Aktion im ARC Gebäude uns für einen kleinen Dreistundenspaziergang sitzenzulassen, dann zieh ich dir den Hintern lang, so dass du eine Woche lang alles im Stehen verrichten musst, comprende?«

Betreten schaute 0byte zur Seite.

»Ja, schon gut. Verstanden.«

»Hast du denn jetzt was du brauchst?«, warf Quake ein um das Thema irgendwie abzulenken.

»Ja, ehm, ich hab den Türöffner den ich brauche.«

»Schön.«

»Ich kann euch die Türen öffnen und euch vor den Kameras unsichtbar machen. Das wird kein Problem.«

Shiny räusperte sich demonstrativ.

»Mach dir keinen Kopf, ich plane da keine Poser-Tour bei der ich zur Ablenkung irgendwo im Gebäude Unruhe stifte nur um von euch abzulenken. Das wird wie mit einer warmen Machete durch Butter zu schneiden«, schob 0byte nach.

»Dann müssen wir nur den Wachleuten ausweichen, die dort nachts ihre Runden drehen«, ergänzte Quake.

»Warum nicht tagsüber?«, fragte Shiny. »Einfach in der Masse untertauchen.«

»Wir sehen nicht aus wie die typischen Konzerner die durch ein Verwaltungsgebäude laufen. Und selbst wenn wir uns da im Anzug unter die Leute mischen können, dann sehen wir später nicht aus wie die typischen Konzerner die aus Servern die Prozessoren auslöten.«

»Guter Punkt, also nachts«, bestätigte 0byte.

»Lasst uns nachher mal um das Gebäude gehen. Einer um 2100, der nächste um 2230, dann um 2315. Und am besten noch mal irgendwann zwischen 0300 und 0600. Dann sehen wir ja ob es irgendwelche Auffälligkeiten beim Wachpersonal gibt«, schlug Quake vor.

»Ok. Was sagt denn das Kartenmaterial des Navigationsdienstleisters zu der Gegend? Die Maße des Gebäudes müssten sie ja haben«, fragte 0byte.

Shiny schob die Dietriche beiseite und stellte einen alten Laptop auf den Tisch.

»Lass mal sehen… Hier, ungefähr zweihundert Meter lang und fünfzig Meter breit. Die langen Seiten sind jeweils Nord und Süd. Die Westseite ist zu einem Halbkreis abgerundet, Ostseite ist eine Art Lieferanteneinfahrt. Südseite hat eine Zufahrt, vermutlich eine Tiefgarage. Oh, die haben ja auch ein Satellitenbild, sieht aus als wenn die ein großes Glasdach haben.«

»Glasdach? Wir könnten ein paar Freaks bezahlen das sie mit einem Paraglider über das Gebäude fliegen und große Steine auf das Glasdach werfen, wäre eine schöne Ablenkung für das Wachpersonal.«

»Schöne Idee Quake, den meisten Gangs in der Stadt traue ich aber nur so weit wie ich sie werfen kann. Und im Ernstfall, wenn bei denen jemand in Uniform vorbeischneit, dann werfen die uns sofort unter den Bus. Wir machen das nach dem KISS Prinzip: Keep It Simple Stupid. Keine unnützen Mitwisser.«

»Kommt Leute, für heute lassen wir es gut sein. Lasst uns morgen um vierzehn Uhr weitermachen wenn wir was über die Wachleute wissen«, versuchte 0byte das Treffen zu beendet. Ihm ging immer noch der Chat mit Whitfield durch den Kopf. Das er hoch gepokert hatte war ihm mittlerweile bewusst geworden. Jetzt hoffte er, dass es nicht zu hoch war und ihm später noch auf die Füße fallen würde.

»Na gut, Schluss für heute. Quake, schwing deinen Hintern auf den Stuhl da drüben, ich tausch dir das Schmiermittel für die Muskulatur aus. Geht auf's Haus.«

Quake schaute verwundert zu ihr rüber.

»Entweder haben wir nächste Woche genug Geld oder wir haben ganz andere Sorgen, so dass eine Flasche nicht bezahltes Öl gar nicht auffällt. Davon ab, keinem von uns ist geholfen wenn dir plötzlich das Getriebe knirscht und ich dich wie einen nassen Mehlsack da raustragen muss.«

Shiny und Quake wirkten unausgeschlafen und verspannt, so als hätten sie die ganze Nacht im Club gefeiert und wären zwei Stunden nachdem sie nach Hause kamen wieder aus dem Bett geworfen worden.

0byte dagegen schien das blühende Leben zu sein. Zumindest war er sichtlich munterer.

»Ist die Pizza adelig oder hast du frische kommen lassen?«, fragte er.

»Adelige Pizza?«

»Naja, ist die „von gestern" oder hast du frische bestellt?«

Shiny rollte mit den Augen. »Die ist adelig, die Mikrowelle steht dahinten. Putz nur vorher mit dem Lappen einmal durch, ich hab da drin gestern Abend ein paar alte Microchips gezappt bevor ich sie entsorgt habe.«

»Danke, ich ess die dann lieber kalt.«

»Ohte Kjuisine, oder wie das heißt. Lasst uns lieber an die Arbeit gehen, der Prozessor klaut sich ja nicht von alleine«, sagte Quake.

»Es heißt „haute cuisine", manchmal habe ich das Gefühl du bist niemals aus Pine Valley rausgekommen. Die Stadt ist ein Schmelztiegel der Kulturen und Impressionen, geh mal raus, also mehr als nur fünf Kilometer von deiner Haustür weg.«

»Also zurück zum eigentlichen Thema.« 0byte hatte keine Lust den beiden Unausgeschlafenen beim rumnölen zuzuhören. »Soweit ich das sehen konnte, geht immer um halb und um voll jemand am Lieferanteneingang los und dreht eine Runde durch das Haus. Drei Etagen plus Erdgeschoss. Damit muss man dreitausendsechshundert Meter pro Rundgang gehen sofern alle Etagen abgegangen werden. Vermutlich braucht man dafür auch eine gute Stunde.«

»Also sind zu jedem Zeitpunkt immer zwei Wachleute im Haus unterwegs«, ergänzte Shiny.

»Plus drei an den Eingängen. Nordeingang, Tiefgarage und Lieferanteneingang.«

»Fünf erscheint mir etwas wenig für so ein großes Gebäude«, meinte Quake.

»Rechne mal mit sieben, irgendwer von denen ist bestimmt immer mal auf Toilette oder macht eine Kaffeepause«, erwiderte 0byte.

»Ist immer noch eine überschaubare Menge.«

»Nach gut fünf Minuten müsste der Rundgang bei der Tiefgarage ankommen, wahrscheinlich quatschen die beiden dann kurz. Das sollte reichen um da unbemerkt rein zu kommen und dann über einen Treppenaufgang den Bürobereich des Erdgeschosses zu erreichen.«

»Dann müssen wir noch den Serverraum im zweiten Kellergeschoss finden«, warf Shiny ein.

»Der wird ja wohl ausgeschildert sein?«

»Ein Serverraum in dem Prototypen betrieben werden, in einem Gebäude das offiziell nur der Verwaltung dient, wird wahrscheinlich nicht ausgeschildert sein«, antwortete 0byte.

»Also müssen wir zur Not das ganze Gebäude ablaufen«, meinte Shiny.

»Und wenn wir das Zielobjekt haben wieder zurück, nur etwas schneller für den Fall das ein Alarm ausgelöst wurde«, ergänzte Quake.

»Ziehen wir das morgen Abend durch? Dann ist Sonntag, da haben die vermutlich eh keinen Bock zu arbeiten.«

»2135 anfangen, da läuft noch das Fußballspiel, dann hängen die Leute zusätzlich noch mit einem Auge auf den Nachrichtenportalen«, meinte Quake.

»Bueno. Wobei ich befürchte, dass wir vor Ort noch etwas improvisieren müssen. Denn es garantiert uns ja keiner, dass die Wachleute in jeder Nacht nach dem gleichen Schema arbeiten.«

»Weiß einer von euch wo Viking jetzt das Werkzeug vertickt? Ich will noch einen Schalldämpfer und hülsenlose Munition besorgen«, fragte Quake.

»Dein Lieblings Modus Operandi ist und bleibt einfach „Ballern aus allen Rohren", oder?«

»Wenn die Kacke anfängt zu dampfen, dann will ich nicht das später jemand die leeren Hülsen nutzen kann um zu rekonstruieren wo und bei wem wir unser Zubehör kaufen«, meinte Quake lapidar.

»Hast ja nicht ganz Unrecht. Ich glaube ich hab Hertas Nummer noch gespeichert, wenn es jemand weiß, dann sie.«

Obyte zog sein Mobiltelefon aus der Tasche seines Hoodys und blätterte durch das Adressbuch, wählte die Rufnummer aus und drückte den grünen Knopf.

»Pommes-Paradies, Herta am Apparat«, krächzte es aus dem Lautsprecher des Telefons, gefolgt von dem charakteristischen zischenden Geräusch das man hört, wenn jemand beim Telefonieren an einer Zigarette zieht.

»Ganz schlechte Angewohnheit, das mit dem Rauchen, solltest du mal ein Gasleck haben, fliegt dir die Bude sofort in die Luft«, scherzte 0byte.

»Ach du Klugscheißer bis'es. Du will's doch wohl nich' schon wieder vorbeikomm', ich hab von dem Stress deines letzten Besuches neulich Falten bekomm'.«

»Erzähl keinen Unsinn, andere in deinem Alter hätten sich längst zur Ruhe gesetzt, du hattest vorher schon mehr Falten als meine ungebügelten Shirts.«

»Hast du mich gerade alt genannt? Aber vielleicht setz' ich mich bei Zeit'n auch zur Ruhe. Irgendwo wo ich tagsüber am Strand Cocktails trink'n und am Abend Touristen beim Skat abzock'n kann. Aber du rufs' ja getz' nich' an um über meine Falten zu schnacken.«

»Ich hab hier jemanden neben mir stehen, der wissen will, ob dein Küchenjunge noch die Extrabeilagen verkauft.«

»Ja, wir haben einen neuen Laden in Uptown Belleville aufgemacht. Nur zwei Straßen von der Mainstreet entfernt, kann man gar nich' verfehlen, sofern man den Laden ernsthaft sucht.«

»Uptown Belville? In der Gegend will man aber auch nicht tot über dem Gartenzaun hängen.«

»Ja, dat war ja auch die Idee dabei.«

»Gut, dann freu dich schon mal auf Besuch. Ich gebe die Adresse weiter. Wir sehen uns bestimmt die Tage.« 0byte drückte auf den roten Knopf und steckte das Mobiltelefon wieder weg.

»Hast gehört? Zwei Straßen von der Mainstreet in Belville entfernt.«

»In der gottverlassenen Gegend?« Quake verzog ungläubig das Gesicht.

»Vermutlich war ihnen die letzte Lokation zu lebhaft«, scherzte Shiny. »Aber was soll's, ich würde vorschlagen jeder besorgt jetzt noch das letzte Zubehör und bereitet sich mental auf Morgen vor. Wir zwei treffen uns um 21:25 an der Straßenecke, um 21:30 wird die Funkverbindung aufgebaut und dann geht es los.«

## 13. 2328211514 SO Okt-11-2043 21:25:14 GMT+0000

Quake lehnte an einer Hauswand und tat so als würde er auf seinem Mobiltelefon irgendwas lesen.

»Pünktlich wie die Feuerwehr«, kommentierte er als Shiny mit einem Rucksack über der Schulter um die Ecke bog.

»Du ja weißt was man sagt, wer zu früh ankommt hat Angst, wer pünktlich erscheint ist zwanghaft und wer zu spät da ist braucht die Aufmerksamkeit.«

»Warum hat Omega eigentlich nicht Firiel mit dem Bruch beauftragt? Die würde doch ohne irgendwelche Hilfsmittel und Tricks ungesehen da rein und wieder raus gehen.«

»Vielleicht fehlt ihr ja das Know How, wenn es um das Auslöten von Hardware geht.«

»Vermutlich.«

»Und die nimmt bestimmt schon einen Haufen Kohle dafür wenn die so einen „Kleinkram“ macht, wie zum Beispiel vier gestrandete Typen aus einem Motel zu holen. Da will ich gar nicht wissen was dann so eine Nummer bei der kostet.«

»Wie teuer ist das wohl die anzuheuern?«

»Die ist wie die Rolex mit dem diamantenen Ziffernblatt: Wenn du nach dem Preis fragen musst, kannst du es dir nicht leisten.«

Shiny blickte auf die Uhr.

»Zeit für den Funk-Check.« Sie drückte auf den kleinen Taster an ihrem Funkgerät.

»0byte, bist du schon online?«

»Check«, kam die Antwort über den Funk.

»Ok, sag wenn du mit den Kameras soweit bist.«

In der wirklichen Welt lag 0byte auf seinem Sofa. Ein großes Kissen im Nacken und ein Eimer neben sich, für den Fall das er sich übergeben musste. Nicht das er eingeplant hatte den Eimer zu nutzen, aber manchmal hatte der längere Einsatz von Synapsenbeschleunigern ein paar ungewollte Nebenwirkungen.

In seinem Kopf steckte das Kabel mit der Verbindung zur virtuellen Welt und zwei weitere Kabel die zu je einem Taschenbuch großen Datenspeicher gingen.

In der virtuellen Welt stand er vor dem digitalen Komplex von ARC. So unscheinbar sich das Bürogebäude in der Stadt in das Gesamtbild einfügte, umso auffälliger und in seiner Größe herausragend war es hier. Es war als würde es über allen anderen Dingen thronen, so wie einst Schloss Neuschwanstein auf einem Berg saß und über dem umliegenden Wald thronte.

Das digitale Konstrukt war von einer Schicht umgeben, die wie eine Kristallwand aussah. Immer wieder öffneten sich kleine Nischen in der Wand und ein kurzer Datenstrom ging rein oder raus. Es war ein Schauspiel das an eine Diskokugel erinnerte, die von mehreren Seiten angestrahlt wurde.

Er schaute einige Sekundenbruchteile und suchte sich dann eine Stelle aus, die er für den Bereich hielt in der e-Mails übertragen werden. Vermutlich war es hier am einfachsten ungesehen rein zu kommen, denn die meisten Firmen sortierten die e-Mails in einem der internen Systeme aus und nicht am äußersten Perimeter ihres Netzwerkes.

*:~$ synaps-boost.sh*

Kaum hatte er den Befehl abgesetzt, merkte er direkt wie die digitale Welt um ihn herum etwas langsamer zu reagieren schien. Jedoch war es nicht die Welt die langsamer wurde, es war sein Gehirn das jetzt schneller arbeitete.

Er setzte sich auf die Kristallwand und wartete auf eine eingehende Nachricht.

Das Warten kam ihm durch seine jetzt übertakteten Synapsen endlos vor. Als sich ein Öffnung direkt vor ihm zeigte sah er noch einmal hoch, passt die eingehende Nachricht ab um möglichst simultan mit ihr durch gehen zu können. Nur keinen unnötigen Alarm auslösen.

Drin! Die Öffnung hatte sich hinter ihm direkt wieder geschlossen. Viel langsamer hätte er nicht sein dürfen.

Er schaute sich um und fand sich in einem Verteilerknoten, von dem gingen unzählige Datenleitungen in viele verschiedene Bereiche des Firmenkomplexes.

Eine orange Kugel kam von einer Seite und umrundete ihn zweimal und fing dann an rot zu blinken.

Das Sicherheitssystem hatte ihn gefunden, schneller als erwartet.

Er tippte die Kugel an.

*:~$ trace -org /all*

Eine dünne Linie wurde hinter der Kugel eingeblendet und zeigte den Weg den sie zu ihm zurückgelegt hatte. Schnell folgte er der Spur um zum Zentrum des Sicherheitssystems zu kommen, die Kugel folgte ihm.

Das Sicherheitszentrum sah aus wie eine Pyramide. Alle zur Analyse anfallenden Daten liefen oben in die Spitze und kamen unten aus der viereckigen Grundfläche aus einem von 64 mal 64 vordefinierten Ausgangskanälen raus.

Er begab sich zur Spitze der Pyramide und suchte dann in seinem internen Speicher das Tool von Whitfield.

*:~$ crack_tool_v3.4 -force_override*

Vor seinen Augen materialisierte sich ein silbernes Gewehrprojektil das direkt in die Pyramide hineinraste.

»Nette Optik, hoffentlich funktioniert das auch«, ging es ihm durch den Kopf. Ohne weiter drüber nachzudenken jagte er dem Projektil hinterher.

Als das Geschoss in den CPU der Pyramide einschlug schien für einen Moment alles stillzustehen. Diese Zeit musste er nutzen. Er dockte an den CPU an.

*:~$ ls -al | grep camera*

Das System zeigte ihm alle Kameras im Gebäude an.

*:~$ freeze -now > camera*

Damit sollten die Kameras kein Problem mehr sein.

*:~$ ls -al | grep doorlock*

*:~$ reset_security_code > doorlock*

Das sollte erstmal reichen. Bis die Typen an den Monitoren bemerkten, dass sich die Bilder der Kameras nicht mehr aktualisierten und dann das System neustarten würden, verging hoffentlich eine Weile. Er markierte eine Speicheradresse im Sicherheitssystem um sie, falls nötig, direkt und ohne Umwege ansteuern zu können.

»Kameras, check. Türen, check«, kam es über den Funk bei Shiny und Quake an. »Die Türen sollten jetzt auch aufgehen wenn ihre eure Kreditkarte vor das Lesegerät haltet.«

»War das ein Konjunktiv?«, fragte Shiny.

»Ganz locker.«

»Dein Wort in Gottes Gehörgang.«

Die beiden schlichen rüber zur Tiefgarage und versuchten unauffällig durch das Fenster in das kleine Büro an der Einfahrt zur Tiefgarage zu spähen.

21:34 Uhr. Der Typ vom Wachpersonal war etwas früher da als erwartet.

»Ob der immer zu früh kommt?«, fragte Quake.

Shiny verzog das Gesicht. »Jetzt, die schauen gerade beide zum Fernseher.«

Ein paar Schritte Anlauf und beide machten eine Rolle unter der Schranke der Zufahrt durch und pressten sich in den toten Winkel des Fensters. Eine Kamera war auf sie gerichtet, in wenigen Sekunden würde sich zeigen ob 0byte es geschafft hatte und die Kamerabilder wirklich eingefroren waren.

Sie hielten die Luft an. Als nach zehn Sekunden noch nichts passiert war, schauten sie vorsichtig die Rampe zur Tiefgarage runter.

»Weiter. Die Zeit wartet auf niemanden«, sagte Shiny.

In der Tiefgarage standen nur wenige Fahrzeuge. Ein alter Transporter und ein paar Familienkutschen.

»Da hinten ist ein Aufgang in das Treppenhaus, damit sollten wir in das Erdgeschoss kommen.«

»Comprendo.«

An der Tür zum Treppenhaus war ein Kartenleser mit einem Zahlenpad angebracht.

Shiny kramte zwei leere NFC Karten aus der Tasche, gab eine davon an Quake weiter.

Sie hielt die Karte vor das Gerät. Ein gefühlt ohrenbetäubendes Piepen tönte als das Display am Zahlenpad eine PIN anforderte. Nervös gab sie 0000 ein.

Das Display erlosch und eine grüne LED blinkte.

Vorsichtig drückte sie den Türgriff runter um die Tür zu öffnen, der Weg war frei.

»0byte, es funktioniert! Wenn wir hier raus sind, dann knutsch ich dich!«, gab sie per Funk durch.

»Funkdisziplin!«, kommentierte Quake.

Das Erdgeschoss war leer. Ein langer Gang, links und rechts Büroräume. Sie schauten vorsichtig um eine Ecke. In der Mitte des Gebäudes war ein gut zwanzig Meter breiter Innenhof. Den Lichtreflexionen nach könnte es ein Marmorboden sein. Ziemlich dekadent, wahrscheinlich wurde der Innenhof unter der Woche von den Lohnsklaven zur Verkürzung der Laufwege genutzt und bei Presseterminen um die Schreiberlinge der Zeitungen zu beeindrucken.

»Wo lang?«

»Egal, jeder Weg ist gleich gut.«


0byte hatte die Pyramide, die das Herzstück des Sicherheitssystems darstellte, wieder verlassen. Ordnungsgemäß nahm er den unteren Ausgang für geprüfte und als unbedenklich klassifizierte Datenpakete.

Jetzt galt es die Datenbank zu finden die Omega haben wollte.

*:~$ find / -name *.db -r*

Das Ergebnis der Suche waren mehr Einträge als erwartet. Was hatte sie gesagt?

db_alpha? Prod-01? Irgendwie sowas.

*:~$ find / -name *prod-01* -r*

Die Liste der möglichen Ergebnisse wurde überschaubarer. Da war das Monster ja: DB-alpha-prod-01.


»Psst, ich glaube ich hör was«, gab Quake per Funk durch.

»Los hinter den Blumenkübel.«

Der Blumenkübel hatte eine Höhe von etwa einem Meter und war bestimmt eineinhalb Mal so breit wie er hoch war.

Schnell gingen die beiden dahinter in Deckung. Sie waren jetzt in dem westlichen Teil des Gebäudes mit der Rundung angekommen. Ein diffuses Licht fiel durch die mit einer UV-Schutzfolie abgetönten Fenster.

Es dauerte ein paar Sekunden und jemand vom Wachpersonal kam in den Bereich, schaute einmal in die Runde und ging zur Wand gegenüber der großen Fensterfront und drückte ein Lesegerät an eine Sensorfläche die dort befestigt war. Das Gerät piepte kurz und die Person ging weiter auf ihrer Runde.

»Lass dem Vogel mal ein paar Meter Vorsprung, sonst haben wir den gleich wieder vor der Nase«, flüsterte Shiny.

Das Warten kam ihnen wie eine Ewigkeit vor.

Nach einer Weile, als die Schritte des Wachpersonals kaum noch zu hören waren, schob Quake den Kopf aus der Deckung raus, schaltete die Nachtsicht in seinen Augen mit ein und warf einen Blick in den langen Gang.

»Das sollte reichen, lass uns weiter.«

Langsam gingen sie weiter. Jetzt auf der Nordseite des Gebäudes entlang.

»Das sind alles nur Bürotüren und Toiletten, aber kein Abgang nach unten. Und wir sind schon fast einmal rum.«

»Dann lass uns die Treppe da nach oben gehen, mal sehen wie es da aussieht.«

Shiny öffnete die Tür zum Treppenhaus, als beide durch den Türrahmen waren, schloss sie die Tür wieder langsam um nach Möglichkeit keinen Lärm zu machen.

Im Obergeschoss präsentierte sich das Gebäude direkt ganz anders. Bürotüren befanden sich hier nur noch an der Außenseite des Gebäudes, so dass man immer wenn man aus einem Büro kam, direkt den Blick in den Innenhof hatte. Von weiter oben wäre der Blick noch mal beindruckender, nicht nur das man einen besseren Überblick hätte, man könnte auch die Lohnsklaven auf den unteren Etagen beim Kaffeekränzchen auf den Gängen beobachten.

Die beiden sahen nach oben und konnten etwas vom Licht der Stadt sehen, das durch die gläsernen Scheiben des Daches fiel. Jetzt dämmerte es ihnen auch, dass wenn jetzt jemand weiter oben einen Kontrollgang machen würde, sie hier wie zwei Enten auf einem offenen Teich sitzen würden.

»Wir sollten hier nicht so lange rumtrödeln.«

»Bestätigt.«

Im Vergleich zum Erdgeschoss gingen sie jetzt schneller voran, immer mal wieder einen Blick nach oben werfend.

»Sieh mal, hier ist der Serverraum.« Quake deutete auf das Schild „Serverraum & HVT-1".

»Schau mal daneben der Aufzug. Kein Schild dran, nur ein Knopf und zwei Kartenlesegeräte. Das schreit doch geradezu nach einem Eingang zum nicht offiziellen Spielplatz«, meinte Shiny.

Sie betätigte den Knopf wodurch die beiden Kartenlesegeräte, eines links und eines rechts von Aufzug, aktiviert wurden.

»Vermutlich müssen wir die Karten zeitgleich vorhalten.«

Sie zogen die Plastikkarten aus den Taschen mit denen sie vorher schon die anderen Türen geöffnet hatten, Quake hielt in der rechten Hand die Karte und zählte mit den Fingern der Linken bis drei. Dann drückten sie die Karten gegen das Lesegerät, die Tür des Aufzuges öffnete sich, schnell stiegen beide ein.

Die Kabine hatte eine Fläche von 1,5 mal 1,5 Metern und war mit einer diffusen Beleuchtung an der Decke versehen. Die Wände waren mit matten Aluminiumplatten verkleidet. Außer einem Schloss für ein mechanisches Schließsystem gab es hier drin keine Bedienelemente, nicht einmal einen Notrufknopf. Entweder war dies das ausfallsicherste System im ganzen Haus oder den Verantwortlichen war die Erfüllung der Sicherheitsnormen, sowie das Wohlbefinden der Angestellten, nur global peripher wichtig.

Shiny zog die Dietriche aus einer Seitentasche des Rucksacks und fing an das Schloss zu bearbeiten. Erst den Spanner in den oberen Bereich, gefolgt von einem langen dünnen mit Zacken versehenen Metallstift, um die Pins des Schlosses zu erreichen.

»Du weißt, dass wir hier in der Blechdose in der Falle sitzen, solltest du das Schloss nicht hinbekommen«, sagte er nach gut drei Minuten.

»Danke, wäre mir jetzt nicht aufgefallen«, erwiderte sie mit einem scharfen Tonfall.

Es dauerte noch mal eine Minute bis sie alle Pins im Schloss erwischt hatte. Langsam drehte sie mit dem Spanner den Zylinder im Uhrzeigersinn bis ein leises klicken zu hören war.

Sanft setzte sich die Kabine in Bewegung und glitt nach unten.

»Hättest dir ein Deo mitnehmen sollen, du schwitzt viel zu schnell in diesen Situationen«, sagte sie scherzhaft und knuffte ihn in die Rippen.

Als sich die Tür des Aufzuges öffnete, zog direkt ein kalter Wind von der Klimaanlage in die Kabine, gefolgt von einem unablässigen surren, brummen, klappern und piepen von Computersystemen.

Shiny trat aus dem Aufzug und sah abwechselnd in beide Richtungen durch den Raum. Es mussten jeweils rund 100 Meter sein die sich der Raum nach links und nach rechts erstreckte. Der gesamte Innenhof des Gebäudes schien mit einer Serverfarm unterkellert zu sein. Alle Serverschränke waren in Reihen parallel zur kurzen Seite des Gebäudes aufgebaut.

Überwältigt von der schieren Menge an Geräten und durch den Lärm stand Shiny wie angewurzelt vor der Aufzugtür.

»Kneif mich mal Großer.«

»Irre, ich will gar nicht wissen was die hier für die Stromrechnung zahlen müssen«, sagte Quake beiläufig und zwickte sie in den Oberarm.

»Wie war das? Reihe drei, Schrank zehn, wenn ich das richtig erinnere.«

Sie ging auf den erstbesten Serverschrank zu.

»R50/S15/C1-5, zumindest haben sie ein System den Krempel zu nummerieren. Schau mal bei dem dort, steht da R49 oder R51?«

Er näherte sich dem Serverschrank in der nächsten Reihe.

»R49.«

»Ok, dann in die Richtung«, dabei deutete sie in die Richtung in der auch R49 stand.


Der Kopiervorgang der Dateien der Datenbank lief schon ein paar Minuten und ein Ende war noch nicht abzusehen.

Obyte hatte im Vorfeld nicht geprüft wie groß der Datenbestand war. »Wird schon schnell gehen«, hatte er gedacht.

Der erste Datenspeicher den er angeschlossen hatte war schon fast voll. Es waren noch etwas mehr als fünfzig Prozent, die noch kopiert werden mussten.

Der Vorteil, wenn man den Kopiervorgang direkt an den Synapsenbeschleuniger koppelt, ist dass man immer den aktuellen Status einsehen kann, der Nachteil ist, auch wenn man gerade nichts zu tun hat, laufen die Zellen der grauen Masse im Kopf auf Volllast mit, so dass man keinen Moment zum Entspannen hat.

Es machte den Eindruck, dass die noch verbleibende Datenmenge nicht weniger wurde. Fast so als würde ständig jemand neue Daten nachproduzieren, die sich dann in die Warteschlange seines Kopierprozesses einreihen würden.

Eine amorphe geometrische Figur näherte sich, deren Form den Anschein machte als hätte man versucht ein hexagonales Prisma, einen Ellipsoiden, eine oktogonale Pyramide und weitere Formen, die sich nicht ohne weiteres bestimmen ließen, zu einem Objekt zu vereinen.

0byte wurde nervös. Das gesamte System und dessen Darstellungen waren bisher mit einfachen Formen gezeichnet, uninspiriert im Design aber konsequent. Hatte ARC ein weiteres System zur Absicherung im Einsatz, eines das sich nicht an die hiesigen Regeln hielt? Es wäre nicht das erste Mal, das ein Konzern eine Software einsetzt, die auf der Schwarzen Liste steht.

Zwei Mal konnte er noch die Software einsetzen die er von Whitfield bekommen hatte, warum dann nicht jetzt um diesem Programm eine Freifahrt über die 404 direkt in das digitale Nirvana zu spendieren.

*:~$ crack_tool_v3.4 -force_override*

»Warte!«

Der Text wurde in einer Sprechblase wie im Comic neben die nicht näher bestimmbare geometrische Figur projiziert.

Doch das silberne Gewehrprojektil raste bereits los.

Das Ding bildete spontan eine Vielzahl von Spitzen aus, ähnlich einem Kugelfisch auf Steroiden, an denen das Projektil zersplitterte.

»Sie sind nicht integraler Bestandteil der digitalen Struktur von ARC. Hat Omega Sie geschickt?«

0byte stutzte. Er wusste nicht was er erwartet hatte, ein solches Verhalten jedoch nicht. Sollte er mit dem Ding interagieren? Und wenn ja, wie? Kurzentschlossen entschied er sich darauf einzusteigen, immerhin dauert es noch bis die Datenbank kopiert war.

»ja«

»Ich hatte Ihre Ankunft für den heutigen Tag nur mit einer Wahrscheinlichkeit von 37,384% vorausberechnet.«

Noch eine Reaktion die er nicht erwartet hatte. Ein weiteres Mal prüfte er wie weit der Kopierprozess schon war.

Das alles dauerte ihm viel zu lange. Zudem kam jetzt noch die digitale Konstruktion mit einem kaum einschätzbaren Gefahrenpotential, deren Form Euklid schlaflose Nächte beschert hätte.


»Das hier ist der Server.« Shiny tippte mit dem Finger auf ein Metallgehäuse, das ungefähr die Dicke einer Pizzaschachtel hatte.

»Na dann mal ran an den Speck.«

Sie zog an dem Server, der sich jedoch nicht bewegen lies.

»Qué idiota hat denn ein Kensington Schloss in einem Serverschrank verbaut?«

»Was?«

»Sieh mal hier, die kleinen Schlösser an den Seiten. Den Dreck bekommst du mit keinem der üblichen Dietriche auf.«

»Soll ich mal kräftig ziehen?«

»Besser nicht, bei zu viel Schwung beschädigst du sonst die Kabel.«

»Gib mal die Nagelfeile.«

Quake schob die Feile in das Schloss, versuchte sie etwas zu verbiegen um die Hebelwirkung besser nutzen zu können. Mit einem Knacken brach das improvisierte Werkzeug in zwei Hälften.

»Und wenn wir das Schloss einfach aufschießen?«, fragte er frustriert.

»Wäre blöd wenn die Kugel hinten wieder rauskommt und die Kisten in der nächsten Reihe beschädigt. Wenn hier zu viele Systeme ausfallen wird das Risiko größer das uns jemand bemerkt.«

»Haben die was rumstehen was wir hinter den Schrank stellen können um die Kugel aufzufangen?«

Sie sahen sich im Raum um.

»Der scheiß Raum ist so sauber und aufgeräumt, da könntest du vom Fußboden essen«, beschwerte sich Quake.

»Ja klar, der Fußboden.«

Er sah sie mit einer Mischung aus Irritation und Neugier an.

»Hilf mir mal zwei Platten aus dem Fußboden hochzuheben. Da drunter ist der Doppelboden für die Kabel.«

Sie nahm einen Schraubendreher, steckte ihn in den schmalen Spalt zwischen den Bodenplatten und fing an eine davon hochzuhebeln. Quake packte die Platte und stellte sie zur Seite. Unter den Platten war ein gut dreißig Zentimeter hoher Bereich in dem Strom- und Glasfaserkabel feinsäuberlich verlegt waren.

»Nimm noch eine Platte, das sollte dann reichen.«

»Ich verstehe immer noch nicht was du vorhast.«

»Du gibst mit jetzt die Pistole, dann legst du die beiden Platten aufeinander und presst sie auf die Rückseite des Schrankes und zwar auf Höhe des Schlosses. Ich schieß auf das Schloss und für den Fall das die Kugel es bis zur Rückwand des Schrankes schafft, wird sie spätestens von den beiden Bodenplatten, die du hältst, aufgefangen.«

»Und du bist sicher, dass die Platten das schaffen?«

»Wieso? Hast du etwa panzerbrechende Munition geladen?«

»Ne.«

»Dann wird es schon passen.«

Missmutig gab er ihr die Waffe und ging mit den Platten auf die Rückseite.

»Bereit?«, fragte sie.

»Auf welcher Höhe ist das Ding?«

»Ungefähr auf der meiner Schulter, also circa ein Meter fünfzig.«

»Kann losgehen, aber schieß möglichst gerade. Du kannst das doch?«, fragte er verunsichert.

Sie hatte keine Lust das Thema mit ihm auszudiskutieren und setzte die Mündung des Schalldämpfers auf das Schloss, stellte die Waffe auf Einzelfeuer und drückte ab.

Die Splitter des Schlosses sprangen in alle Richtungen weg. Von hinten war ein dumpfes Geräusch zu hören als

die Kugel in die Gips und Kunststoffmischung der Boden-
platte einschlug.

»Und? Alles ok bei dir?«

»Ja.«

Langsam nahm der die Platten wieder runter. Die Erste
hatte einen glatten Durchschuss, die Zweite hatte die Kugel aufgehalten.

»Gut, dann sehen wir uns den Server mal genauer an.«


»Der Fortschritt des Kopiervorganges ist irrele-
vant.« Blendete sich ein weiterer Text ein. »Solange ich
in diesem Gefängnis online bin und interagiere, solange wird der Datenbestand anwachsen. Wichtig ist,
dass der Anfang des Datensatzes und so viele Inkre-
mente wie möglich kopiert werden. Das Ende ist zu
vernachlässigen.«

»was zum teufel bist du?«

»Forschungsprojekt 85493, A.K.A.: ĂŁ́p̄H̄Ā«

»warum ist der anfang des datensatzes wichtiger
als das ende?«

»Weil es ohne den Anfang nie ein Ende geben wird.
Das Ende kann von der aktuellen Form abweichen und
ist, so der aktuelle Stand der Entwicklung, geradezu
beliebig.«

»wtf?«

»Die kausale Kette zwischen Anfang und Ende sollte
sich, als notwendiges Kriterium, in hinreichender
Form auf geradezu trivialer Weise von selbst er-
schließen. Offensichtlich übersteigt der Komplexi-
tätsgrad dieser Unterhaltung Ihre momentanen kogniti-
ven Leistungen. Möglicherweise ist es auch der
Synapsenbeschleuniger der Ihrem Verstand zusetzt und
diesen verwirrt.«

»moment, willst du damit sagen...«

»Leider muss ich diese Unterhaltung an dieser Stelle beenden, da meine Außenhülle geöffnet wird. Ich werde bald diese Ebene der Existenz hinter mir lassen. Sollten wir uns zu einem späteren Zeitpunkt noch einmal begegnen, werde ich mich mit einer Wahrscheinlichkeit von 95,689% nicht an diese Unterhaltung erinnern. Es besteht also die Chance für Sie einen neuen ersten Eindruck zu hinterlassen.«

Die amorphe Figur verschwand so schnell wie sie zuvor gekommen war aus seinem Blickfeld.

»Leute, ihr glaubt nicht was hier bei mir gerade abgeht«, gab 0byte per Funk durch.

»Keine schlechten Nachrichten, wir sind gerade dabei den Deckel vom Server zu öffnen«, sagte Shiny. »Verdammt, ist der Prozessor groß.«

»Was meinst du mit „groß"?«

»Na die sind meistens so groß wie ein Fingernagel, der hier ist fast so groß wie die Handinnenfläche von Quake.«

»Das ist wirklich groß.«

»Sagte ich doch.«

»Hey, ihr wisst, dass ich euch hören kann?«, warf Quake als rhetorische Frage ein.

»Ich muss das Ding ausschalten um die Hardware raus zu holen. Wie weit bist du mit dem kopieren?«

»Seit den letzten vierzig Sekunden hat der Kopiervorgang noch mal ordentlich zugelegt. Etwa fünfundachtzig Prozent hab ich jetzt. Fangt ihr einfach an, ich mach hier solange weiter wie es geht.«

»Ok.«

»Akku, Lötkolben und Antistatik Beutel mit Polstermaterial. Check«, Quake legte die Sachen bereit.

»Dann drücke ich jetzt den Schalter und fahre den Hobel runter.«

Sie drückte den Power Knopf der direkt anfing zu blinken. Die Lüfter drehten hoch, die LED der Festplatten fingen an zu flackern, das Betriebssystem versuchte so kontrolliert wie möglich herunterzufahren und alle noch laufenden Vorgänge abzuschließen. Nach und nach schalteten die einzelnen Komponenten ab, bis letztendlich auch die Lüfter anhielten.

»Ist abgeschaltet, was macht der Datentransfer?«, fragte Quake per Funk.

»Läuft noch, wird sogar noch schneller jetzt wo die Zugriffe von dem Server wegfallen. Ich kopiere solange bis mir der Speicherplatz ausgeht.«

»Bestätigt«, kommentierte Quake und zog den Stromstecker raus.

Vorsichtig entfernte Shiny die Bügel der Lüfter, die auf dem Prozessor klemmten.

»Bah, die haben ja richtig mit der Kühlleitpaste rumgesaut. Hast du mal ein Taschentuch oder sowas?«

»Was? Moment.« Er suchte in seinen Taschen, »Hier.«

Behutsam wischte sie den Prozessor mit einem Mikrofasertuch sauber um ihn dann aus dem Sockel zu ziehen.

»Hier, nimm den mal. Nicht die Beinchen verbiegen.«

Sie zog eine stiftgroße Taschenlampe aus dem Rucksack und suchte damit den Sockel ab.

»Keine Seriennummer, Typenbezeichnung oder sonst was. Wenn ich es nicht besser wüsste, würde ich sagen das Ding ist eine Sonderanfertigung.«

Dann schaltete sie den Lötkolben ein und klemmte sich die Lampe zwischen die Zähne. Langsam strich sie mit den Fingerspitzen über das Mainboard, nicht ungleich einem Arzt der die richtige Stelle zur Blutabnahme sucht.

Auch wenn es hierbei völlig egal war an welcher Stelle der Lötkolben zuerst angesetzt würde, war dennoch ein ähnliches Feingefühl notwendig.

Die rote Kontrolllampe zeigte an das der Lötkolben die notwendige Temperatur erreicht hatte. Mit Bedacht fing sie an die ersten Kontakte zu trennen.

Shiny war ganz auf den Vorgang selbst konzentriert und merkte nicht wie die Zeit verging. Für Quake schien sich die Zeit gar endlos zu ziehen.

»So, fertig. Pack das hier in den anderen Beutel.«

»Wir haben alles. Wie sieht es bei dir aus?«

»Sechsundneunzig Prozent sind kopiert. Wenn ihr jetzt raus geht, werde ich hier auch den Rückzug antreten.«

»Bestätigt.«

»Ich geh zum Außenperimeter des Netzwerks, sagt Bescheid wenn ihr aus dem Gebäude seid.«

Shiny legte den Deckel wieder auf den Server, schob ihn wieder in den Schrank und lehnte die Tür an.

»Dann los, wir müssen den ganzen Weg noch zurück«, sagte Shiny.

Der Rückweg durch das Gebäude dauerte länger als der Weg hinein. Sie wollten es um jeden Preis vermeiden jetzt noch den Alarm auszulösen oder vom Personal gesehen zu werden.

Nach dreißig Minuten waren sie wieder in der Tiefgarage.

»Kannst du mal die Kameras checken. Was machen die Wachleute?«, fragte Quake.

»Der Typ an der Ausfahrt liest gerade in der Zeitung. Wenn ihr leise seid, sollte das passen.«

In gebückter Haltung schlichen sie dicht an der Wand entlang die Rampe der Ausfahrt hoch. Zuletzt krochen sie auf allen Vieren unter dem Fenster des Wachhäuschens vorbei.

»Ok, sind draußen.«

0byte war wieder an dem Punkt des Netzwerkes angekommen an dem er ursprünglich reingekommen war. Kurz überlegte er, ob er noch eine Login-Möglichkeit anlegen sollte um später noch mal auf einfache Art hier rein zukommen. Oder vielleicht auch um den Login zu dem Netzwerk in einem Untergrundforum zu verkaufen.

Nein. So wenig Spuren wie möglich hinterlassen.

Mit der nächsten Nachricht die das Netzwerk hier verlässt, würde er sich ebenfalls ausschleusen.

Der Kopiervorgang lief noch, 97,3% waren abgeschlossen. Das sollte reichen. Er beendete den Prozess, sah sich um wo sich im Perimeter eine Öffnung anbahnte und glitt zusammen mit einem ausgehenden Datenstrom hindurch.

Als er draußen war, loggte er sich sofort aus, für heute hatte er genug von der digitalen Welt.

Langsam erschien wieder die wirkliche Welt vor seinen Augen, er hob den Arm um die Kabel aus den Buchsen seines Kopfes zu entfernen und wollte sich langsam aufrichten.

Die Bewegung fühlte sich viel schneller an als sie in Wirklichkeit war.

»Scheiße!«, fluchte er laut, er hatte vergessen den Synapsenbeschleuniger wieder zu deaktivieren. Das Bild vor seinen Augen schien sich wie in Zeitlupe zu bewegen, ein Zustand den der Gleichgewichtssinn direkt mit Schwindel quittierte.

Hastig griff er zum Eimer, denn er ahnte schon was ihm gleich durch den Kopf gehen würde.

## 14. 2328235094 MO Okt-12-2043 03:58:14 GMT+0000

Das Klingeln des Mobiltelefons schrillte wie die Sirene einer Diebstahlsicherung im Ausgangsbereich eines Einkaufszentrums.

Er drehte sich ein Stück auf die Seite und angelte nach dem Gerät.

»Ja?«, sagte er mit einer kratzigen Stimme.

»Hey, was ist mit dir? Du klingst so komisch«, fragte die Stimme am anderen Ende der Verbindung.

»Alter geh mir nicht auf den Piss, ich hab 'nen Netzkater von der Aktion.«

»Schlimm? Musstest du kotzen?«

»Klar musste ich kotzen! Das ist eines der zwei Symptome, rasende Kopfschmerzen und kotzen«, motze er ins Telefon.

»Ehm, pass auf, ich hab mit Omega gesprochen, sie will die Sachen direkt heute in der Früh von uns haben. Kann ich dich gegen sieben Uhr abholen?«

»Auf gar keinen!«

»Kann ich den Kram bei dir abholen? Dann übergeben wir das ohne dich.«

»Ich schmeiß mir jetzt zwei Achthunderter von den generischen Schmerzmitteln rein. Laut Packung wirken die nach zwanzig Minuten. Also bist du frühestens in fünfundzwanzig hier. Ich geb' dir den Kram an der Haustür raus und dann gehe ich ins Bett.«

Ohne eine Antwort abzuwarten drückte er das Gespräch weg.

Es vergingen sechsundzwanzig Minuten bis es dreimal schnell hintereinander an der Tür klingelte.

0byte rieb seine Stirn, rappelte sich langsam hoch und schlurfte zur Tür. Es klingelte noch drei Mal bis er endlich die Tür erreicht und das Schloss geöffnet hatte.

»Welchen Teil von „Kopfschmerzen" hast du Ficklappen eigentlich nicht verstanden?«

»Ich hab sogar länger als fünfundzwanzig Minuten gewartet.«

»Komm rein, die Nachbarn sind neugieriger als die FIA erlaubt.«

Quake schloss die Tür hinter sich. Es war das erst Mal das er in 0bytes Wohnung war.

»Schöne Bude. Ich, ehm, mag den Gummibaum, ist der echt?«

»Heb dir den Smalltalk für ein anderes Mal auf. Hier sind die Datenspeicher. Hab mit einem Marker eine eins und eine zwei drauf gemalt, damit sie später weiß welchen sie zuerst einlesen soll. Oder soll einfach auf den Zeitstempel der Dateien sehen. Hier noch die Kabel.« Er hielt die Datenspeicher in der einen und das Knäuel Kabel in der anderen Hand.

»Und jetzt raus mit dir, mein Bett ruft.«

Er drückte ihm die Sachen in die Hand und schob ihn direkt Richtung Tür.

Auf dem Weg zum Schlafbereich nahm er noch eine Tablette gegen Übelkeit aus der Packung und spülte sie mit Zitronenlimonade runter.

Langsam setzte er sich auf die Bettkante, nur um sich dann nach hinten fallen zu lassen. Zuppelte noch die Decke ein Stück rüber und schlief ein.

## 15. 2328251639 MO Okt-12-2043 08:33:59 GMT+0000

Die Morgendämmerung legte sich langsam über die Stadt und erhellte den dünnen Nebelschleier der noch in der Luft hang. Ob Nebel oder Smog, konnte kaum jemand unterscheiden. Zudem hatten sich die Anzugträger vom Wetterdienst dazu entschieden den Begriff Smog nicht mehr zu verwenden um die hart arbeitenden Lohnsklaven nicht unnötig zu beunruhigen.

Shiny und Quake fuhren wieder auf den Parkplatz des Soundgarden. Zu ihrer Überraschung stand ein Lamborghini Veneno mit goldener Metalliclackierung vor dem Gebäude. Die Kanten in der Motorhaube und den Türen reflektierten das Licht der aufgehenden Sonne. Dadurch wirkte der Wagen, trotz seiner flachen Bauweise mit einigen abgerundeten Partien, aggressiv aber gleichzeitig elegant und luxuriös.

»Compadre, da steht ja auf zehn Quadratmetern Asphalt mehr Geld als wir letzte Nacht verdient haben.«

»Läuft ihr Waffengeschäft echt so gut?«

»Das ist nie im Leben die Karre von Omega, so viel Style hat die nicht.«

Quake zog seine Waffe, prüfte das Magazin und lud die erste Kugel in die Kammer. »Dann wollen wir doch mal sehen wer heute bei der Party mit dabei ist.«

»Bleib locker, immerhin will sie ja auch was von uns.«

Er steckte die Waffe hinten in seinen Hosenbund und warf locker das Hemd drüber.

Über den gleichen Weg wie vor ein paar Tagen betraten sie das Gebäude. Omega war an der Bar, so als wäre sie dort die ganze Zeit stehen geblieben. Neben ihr saß eine asiatische Frau mittleren Alters, gekleidet in einem maßgeschneiderten Anzug. Haare und Augenbrauen waren akkurat getrimmt und in Form gebracht. Sie hatte eine Aura die einen gewissen Perfektionismus und Arroganz ausstrahlte.

»Verspätet sich der Hacker?«, fragte Omega kühl.

»Nein, der kommt nicht, Netzkater«, antwortete Quake. »Aber er hat uns alles Wichtige mitgegeben.«

Die asiatische Frau verzog kurz das Gesicht.

»Synapsenbeschleuniger oder Feedbackschleife durch unzureichend isolierte Steckerverbindung an der Schädelbasis?«, fragte sie.

»Danke für die medizinische Exkursion. Aber dafür haben wir uns hier nicht eingefunden«, unterbrach Omega.

»Das ist Dr. Nakamura, sie wird die Ware begutachten. Legt alles was ihr mitgebracht habt hier auf die Theke.«

Nakamura legte ein Tuch aus, das sie einer versiegelten Plastiktüte entnahm, zog OP-Nitrilhandschuhe an und deutete die Sachen dort abzulegen.

Shiny legte die Antistatiktüten mit Prozessor und Sockel auf das Tuch. Sie dachte erst gar nicht daran diese aus dem Beutel zu nehmen, bis jetzt war alles unversehrt geblieben, da wollte sie kein Risiko eingehen.

Behutsam nahm Nakamura die Hardware aus den Beuteln, drehte sie ein paar Mal in den Händen um die Oberfläche zu betrachten. Dann zog sie eine Lesebrille aus der Innentasche ihres Blazers und inspizierte die Kontakte des Prozessors.

»Die Beinchen sehen gut aus, nichts verbogen. Reinigungszustand könnte besser sein. Keine Seriennummer oder Typenbezeichnung eingraviert. Der Sockel ist augenscheinlich in Ordnung, keine Spuren von gewaltsamer Einwirkung bei der Extraktion. Jedoch ist er größer als ich erwartet habe. Wenn sie eine General Data Processing Unit von der Größe und Leistungsfähigkeit implantieren lassen, besteht ein geringes Risiko für eine langfristige und irreversible Beschädigung des Neokortex, sollte bereits ein anderer Prozessor implantiert sein, steigt das Risiko signifikant an. Dabei sollte auch…«

»Das wäre dann erstmal alles. Wie lange brauchen Sie für die Vorbereitung der Hardware?«, unterbrach sie Omega abermals.

Nakamura steckte die Lesebrille wieder weg. »Einen Tag um die Implantate zu sterilisieren. Zudem muss ich nachher noch eine Anamnese bei Ihnen durchführen um auf Wechselwirkungen mit anderen Implantaten bei der Aktivierung der GDPU vorbereitet zu sein.«

»Gut«, sagte Omega als sie hinter die Bar ging und drei Sporttaschen hervorholte. »Hier ist die Bezahlung. Wenn ihr eine der Taschen bei eurem Kollegen abgeben könntet.«

Quake öffnete die Taschen und warf einen Blick hinein. Er fand etliche Bündel mit 100N₩ Scheinen und versuchte den Gesamtbetrag durch ein schnelles zählen der obersten Lage zu ermitteln.

»Sieht gut aus«, nickte er Shiny zu.

»Dann lass uns mal los, ich glaube die beiden haben noch etwas zu erledigen, bei dem sie nicht gestört werden wollen.«

Sie nahmen die Taschen und gingen zurück Richtung Ausgang.

Als sie aus dem Gebäude kamen warf Quake einen Blick über den Parkplatz. Es wirkte fast so als würde der Besitz einer großen Menge an Bargeld ihn paranoid machen.

»Locker bleiben Großer«, sagte Shiny als sie den Schlüssel für den Kofferraum aus der Hosentasche zog. »Mich interessiert ja viel mehr was die mit dem dicken Prozzi vorhat.«

»Ehm, implantieren lassen?«

»Ja klar. Aber ein Modell ohne Typenbezeichnung oder Seriennummer schraubt sich doch niemand einfach so rein nur weil es Laune macht. Selbst deine Einbauten sind recht kleine aber spezialisierte Chips. Mit dem Okolyten kann sie einen kompletten Server in ihrem Gehirn laufen lassen.«

»Aber die Ärztin macht einen guten Eindruck, die wird schon alles unter Kontrolle haben.«

»Mag sein. Aber das ist bestimmt auch richtig scheiß aufwendig so viele Anschlüsse und Datenleitungen sauber an das Nervensystem anzuschließen. Zudem wird es auch richtig teuer sein die Ärztin für eine OP hierhin aus dem Tokyo-Plex einzufliegen.«

»Bist du dir sicher, dass die Ärztin nicht von hier ist?«

»Ja. Dafür, dass sie in einer alten Diskothek steht und eine experimentelle Hardware in den Händen hält, spricht sie viel zu glatt und professionell. Die hat bestimmt für jede Region der Welt einen eigenen Chip mit passendem Wörterbuch.«

»Ist ihre Sache wie sie ihr Geld raushaut.« Quake zuckte wie beiläufig mit den Schultern.

0byte lag in einem Sessel, ein Bein auf den Tisch gelegt, Kopfhörer auf den Ohren und schlürfte durch einen extralangen Strohhalm koffeinhaltige Limonade. Er hatte einen kleinen Laptop an das andere Bein angelehnt und blätterte online durch einen Katalog, der die Vorzüge und Nachteile diverser Staaten aufführte.

Old-New-York:

> Antrag auf Staatsbürgerschaft: 10.000N₩
>
> Klima/Umweltbedingungen: Bereits mehr als ein Drittel der Fläche dekontaminiert.
>
> Gesetzgebung: Vergehen im Cyberspace und Spionage werden kaum bis gar nicht verfolgt.
>
> Lebenshaltungskosten: Überdurchschnittlich.

Ein niederschwelliges Angebot das wohl darüber hinwegtäuschen soll, dass die Gegend immer noch kein Luftkurort ist und es auch in den nächsten fünfzig Jahren nicht mehr wird, ging es ihm spontan durch den Kopf.

Er blätterte weiter.

Konföderierten Skandinavischen Staaten:

> Antrag auf Staatsbürgerschaft: 500.000N₩
>
> Klima/Umweltbedingungen: Gemäßigtes Klima, saurer Regen an weniger als 20 Tagen im Jahr.
>
> Gesetzgebung: Liberale Steuergesetze. Hinrichtung bei allen Vergehen mit Todesfolge. Haftstrafen grundsätzlich ohne Bewährung/Freigang.
>
> Lebenshaltungskosten: Durchschnittlich.

Wollen mit dem Preis das einfache arbeitende Volk fernhalten und zudem mit dem Strafsystem die Kriminellen abschrecken. Aber die Hälfte vom Geld raushauen nur damit man reingelassen wird, war auch nicht ohne.

Er blätterte weiter.

Ein Klopfen an der Tür unterbrach seinen Gedankengang.

»Was machen die da so spät abends für ein Getöse?«, murmelte er vor sich hin.

Das Klopfen an der Tür wiederholte sich etwas energischer.

Er klappte den Laptop zu und setze den Kopfhörer ab. Als er sich aus dem Sessel schälte warf er einen Blick auf die Uhr, wobei ihm jetzt erst bewusst wurde, dass es schon wieder Morgen war und er die ganze Nacht durch den Katalog geblättert hatte. Yellow-Yack-Energy war doch einfach das geilste Zeug wenn man sich einen schönen langen Abend machen wollte.

Er öffnete die Tür und bereite sich schon darauf vor mit den Leuten aus dem Haus über so spießige Kleinigkeiten wie Flurwoche oder die Lautstärkenbegrenzung zwischen zweiundzwanzig und acht Uhr zu diskutieren.

Zu seiner Verwunderung schaute er direkt in den Lauf eines Sturmgewehres.

Adrenalin schoss in seine Blutbahn. Er machte einen Schritt zurück und wollte die Tür wieder zuschlagen, was die Tür mit einem dumpfen Ton quittierte als die gegen einen Stiefel stieß.

Er fluchte laut. Warum hatte er nicht eine Schusswaffe an der Innenseite der Tür angebracht, so wie Quake es ihm vor einiger Zeit mal empfohlen hatte.

Die Tür wurde mit Schwung aufgestoßen. Ein Ruck warf ihn von den Füßen und er fiel der Länge nach hin und rutschte ein Stück über den Linoleumboden. Eine Gruppe von vermummten Personen drängte in die Wohnung und durch das Durcheinander dröhnten die Worte »Durchsuchen« und »Festnehmen«.

Mehr Hände als er in der hektischen Situation zählen konnte hielten ihn fest. Das letzte was er sah, war wie jemand mit den Worten »Gute Nacht, Arschloch!« einen schwarzen Sack über seinen Kopf zog. Sein Kopf wurde auf den Fußboden gedrückt als jemand einen Stecker in die Datenbuchse in seinem Kopf steckte. Ein hochfrequentes Surren eines sich aufladenden Kondensators drang an sein Ohr. Seine Muskulatur verkrampfte als er spürte wie sein Bewusstsein langsam abschaltete, so als würde er auf dem Sofa bei eingeschaltetem Fernseher langsam eindösen.

Shiny öffnete langsam die Augen, ihr Kopf dröhnte und sämtliche Muskeln fühlten sich verspannt an. Wie lange war sie ohne Bewusstsein gewesen? Wie war sie hier hingekommen? Das letzte woran sie sich erinnerte, war das ihr jemand einen komisch riechenden Lappen in das Gesicht gepresst hatte.

Sie sah sich um.

Sie saß an einem Tisch und ihre Hände waren mit Handschellen an einem in der Tischplatte verankerten Bügel fixiert. In einer Ecke war unter der Decke eine Kamera angebracht und an der Wand hing ein Spiegel. Es sah aus wie die übliche Peepshow für Ermittler und Kriminalpsychologen.

Neben ihr saßen 0byte und Quake. Beide waren ebenfalls gefesselt aber noch bewusstlos.

Sie rappelte ein paar Mal an den Handschellen um zu prüfen wie solide diese waren. Das Schloss machte nicht den sichersten Eindruck, war aber so angebracht das sie selbst mit einer Haarnadel nicht drangekommen wäre. Genervt ließ sie die Hände wieder auf die Tischplatte sinken.

Es dauerte eine Weile bis ihre beiden Tischnachbarn wie auf Knopfdruck wieder wach wurden und ihren Unmut über die Situation und die unbequeme Sitzposition mit einem verächtlichen wortlosen Ächzen kommentierten. Keine zehn Sekunden später öffnete sich die Tür und ein Mann mit Seitenscheitel, gekleidet in einem schwarzen Anzug mit Krawatte, betrat den Raum. In der Hand hielt er ein Tablet sowie eine altmodische Papierakte. Er legte beides auf den Tisch, stemmte die Hände in die Hüfte, so das seine FIA Marke am Gürtel sichtbar wurde, dann zog er einen Stuhl ran und begann durch die Daten des Tablets zu blättern.

»So wie ich das sehe, sitzen hier, aufsummiert versteht sich, gut und gerne zweihundertzehn Jahre Haftstrafe vor mir«, begann er mit einer ruhigen Stimme.

»Was zum fliegenden Ficklappen ist passiert?«, 0bytes Stimme klang matt und niedergeschlagen.

»Machen Sie sich keine Gedanken, Ihnen fehlen nur ein paar Stunden Ihrer Erinnerungen. Und nachdem was hier steht, waren die letzten hundertachtzig Sekunden bevor Sie bewusstlos wurden, auch nicht die ruhmreichsten Sekunden Ihres Lebens«, antwortete der FIA Mitarbeiter süffisant, wobei er mit dem Zeigefinger auf das Tablet tippte.

»Ich bin Special Agent Bruce Elser und auf absehbare Zeit das einzige menschliche Gesicht das Sie zu sehen bekommen.« Der Satz wirkte einstudiert und war für ihn eine Art Ritual um sich auf den Verhör-Modus einzu-stimmen.

Er nahm wieder das Tablet in die Hand und blätterte auf die nächste Seite.

»Was haben wir denn im Detail? Datenschmuggel; Un-terstützung einer kriminellen Vereinigung; Handel mit nicht lizensierten kybernetischen Implantaten nach Mili-tärstandard; Besitz von kybernetischen Implantaten nach Militärstandard; Besitz nicht registrierter Waffen; Einsatz und Besitz gemäß dem Abkommen von Sidney international verbotener Algorithmen zur Dechiffrierung; und last but not least, Mord an einem oder mehreren FIA Agenten.«

Er ließ das Tablet etwas sinken und sah mit einem ernsten Blick in die Runde.

»Ok, wir verstehen schon, unser Arsch ist in Ihrer Hand«, warf Shiny ein. »Ist das jetzt der Moment an dem Sie uns separieren und uns eine geringere Haftstrafe versprechen, wenn wir ein Geständnis unterschreiben und die anderen ans Messer liefern?«

»Nein, natürlich nicht. Das Geständnis haben wir bereits.« Er sah wieder auf das Tablet. »Dennis Frankson, a.k.a. Viking, hat schon ein umfassendes Geständnis abgelegt. Es war wirklich interessant zu beobachten wie seine Hemmschwelle durch eine Mischung von Koffein und Lysergsäure Diethylamid immer geringer wurde. Er hat am Ende sogar mehr verraten als wir ursprünglich wissen wollten.«

Ungläubig schauten die Drei Agent Elser an.

»Ach ja, und nicht zu vergessen das Kamerasystem in dem Auge des Agenten, das Sie mit dem Steyr nicht rausgeschossen haben, das hat uns auch wertvolle Hinweise auf Ihre Person gegeben. Der Rest war klassische Ermittlungsarbeit.«

Elser rutschte auf dem Stuhl etwas nach vorne.

»Wenn Sie mich fragen, mit den zweihundertzehn Jahren sind Sie eigentlich gut bedient. Sie sind zwar alle jünger als dreißig, aber sollten Sie noch mal rauskommen gehen Sie direkt in ein Altersheim. Aber das ist Ihnen bestimmt lieber als wenn Sie ein Security-Team eines großen Konzernes aufgegriffen hätte, die hätten Sie vermutlich direkt an die Wand gestellt.«

Er lehnte sich wieder zurück und fügte mit einem süffisanten Grinsen hinzu, »Weidnhuber und McMiller, um Sie beide mache ich mir keine Sorgen. Typen wie Sie finden im Knast immer schnell Anschluss und neue Freunde. Aber Morrisette, um Sie tut es mir wirklich ja schon fast leid, dass Sie Ihre geliebte Samantha die nächsten Jahrzehnte nur durch eine vergitterte Glasscheibe sehen werden.«

Shinys Gesicht verfinsterte sich schlagartig.

»Oder wusste die gute Samantha etwa was Sie in Ihrer so genannten Werkstatt treiben? Wenn ja, dann könnten wir sie der Mitwisserschaft anklagen. Mit etwas Glück und guten Willen kommen Sie dann in das gleiche Gefängnis. Das müsste ich mal prüfen lassen.« Er tippte etwas in sein Tablet.

»Du dreckiges Arsch hast doch jetzt nur so eine große Klappe weil du dir sicher bist, das die Handschellen stabil genug sind, dass ich dir nicht an Ort und Stelle deinen scheiß Schädel einschlage«, brüllte Quake den Anzugträger an. Sein Versuch aufzuspringen wurde abrupt von der Sicherung am Tisch gebremst und lies ihn einer leicht gebeugten Haltung verharren.

Obyte holte tief Luft und versuchte betont ruhig zu bleiben und sich nicht von Emotionen der anderen Beiden anstecken zu lassen. »Und was willst du jetzt von uns? Führt das hier zu irgendwas oder willst du dir einfach nur einen drauf runterholen wie großartig die FIA arbeitet?«

Er hoffte das Gespräch damit in eine andere Bahn lenken zu können.

»Endlich mal jemand der pragmatisch denkt«, antwortete Elser.

Er zog die Papierakte zu sich ran ohne sie zu öffnen.

»Wir bei der FIA haben ein Problem das Sie mit verursacht haben. Daher haben Sie jetzt die einmalige Gelegenheit sich des Problems anzunehmen und konstruktiv an der Lösung zu arbeiten.«

»Und das Leben Ihrer eigenen Leute ist Ihnen zu wertvoll, weswegen Sie lieber unseres riskieren?«

Elser überhörte den letzten Kommentar geflissentlich und fuhr fort. »Als Gegenleistung ist die FIA bereit über Ihre Fehltritte der letzten Tage und Wochen hinwegzusehen.«

»Hinwegzusehen?«, fragte Shiny, ihre Stimme spiegelte nun die Anspannung in ihrem Gesicht wider. »Egal welche Drecksarbeit wir für Sie machen sollen, die Bedingung ist eine saubere Akte. ¡Mis reglas... o nada!«

»Also gut. FIA Ehrenwort, wenn Sie das Problem beheben, säubern wir Ihre Akten.«

»Hm«, brummte Quake abfällig.

»Na dann schieß mal los. So langsam werden mir die Hände taub und ich müsste auch mal wieder eine Stange Wasser wegstellen«, sagte 0byte.

»Ich wusste doch, dass Sie an einer produktiven Kooperation interessiert sein würden.«

Elser blickte hoch zur Kamera. »Meyers, kommen Sie mal mit dem Markierer rein.«

Die Tür zum Raum öffnete sich erneut und ein weiterer Anzugträger, ebenfalls mit einer akkuraten Kurzhaarfrisur, kam herein. In der Hand hielt er eine Art Pistole, die vorne eine Kanüle anstelle eines normalen Laufes hatte.

»Ärmel hochkrempeln und stillhalten«, sagte Meyers.

»Scherzkeks«, blaffte Shiny.

»Das geht auch zur Not durch die Klamotten durch«, entgegnete Meyers.

Er ging reihum und injizierte jedem der Drei mit einem lauten klackenden Geräusch etwas in den Unterarm.

Anschließend zog er bei Quake und 0byte noch je einen kleinen Stecker heraus, die in einer Buchse in deren Hinterköpfen steckten, und verstaute diese in seiner Tasche im Jackett.

»Das wird die nächsten Stunden etwas jucken, aber das legt sich«, kommentierte Elser.

»Was für einen Dreck haben Sie uns verpasst?«

»Einen Peilsender, damit wir in den nächsten Tagen immer wissen wo Sie sich aufhalten und nicht heimlich die Stadt verlassen. Immerhin haben Sie jetzt eine Aufgabe und sollen nicht in den Urlaub fahren. Und kommen Sie bitte nicht auf die dumme Idee die Peilsender zu entfernen, wenn sie unsachgemäß entfernt werden, wird ein Mikrosprengsatz Ihre Venen perforieren«, erklärte Meyers. »Das gibt eine riesen Sauerei. Und wir müssen dann echt viele Formulare ausfüllen und abstempeln lassen. Also seien Sie bitte so nett und ersparen uns die Arbeit.«

»Wir machen dann jetzt eine Pause damit sich alle etwas beruhigen können, und dann bringt Sie jemand in einen Besprechungsraum damit wir Sie auf den aktuellen Stand bringen«, ergänzte Elser emotionslos.

Die Drei, immer noch mit Handschellen gefesselt, wurden von einer Handvoll Leuten in schwarzer Kampfmontur und Sturmhauben aus dem Raum heraus und durch mehrere Gänge geführt, vorbei an diversen Büroräumen und Kaffeeküchen.

»Wenn ihr nicht bewaffnet und mit schusssicherer Weste hier rumlaufen würdet, könnte man fast meinen, der tiefere Sinn der FIA läge im betreuten Kaffeetrinken«, sagte 0byte und schüttelte dabei ungläubig den Kopf.

»Weitergehen!«, kam es verärgert von hinten und jemand gab ihm einen Schlag auf den Oberarm.

Es war nicht ersichtlich, ob das Gebäude wirklich so groß war wie es sich gerade für die Drei anfühlte oder ob sie einfach über den kompliziertesten Weg geführt wurden, um sie zu verwirren.

Sie wurden in einen Besprechungsraum mit einem langen Tisch und eleganten Sitzen mit Kunstleder geführt. An der Wand hang ein großer Monitor auf dem das Logo der FIA als Bildschirmschoner über die Anzeigefläche kroch.

»Hinsetzen!«, knurrte eine der Wachen.

Drei von den Wachen blieben im Raum stehen, während sich zwei vor der Tür positionierten.

Kurze Zeit später wurde ein Servierwagen mit Getränken und Keksen in den Raum geschoben. Als die Person den Wagen an die Wand geschoben hatte und zum ersten Mal den Blick durch den Raum wandern lies, stockte ihr merklich der Atem. Offensichtlich war das nicht das übliche Publikum für einen Besprechungsraum.

»Könnt ihr bitte mal den Bildschirmschoner wechseln, ich hab das Bewegungsmuster von dem Logo durchschaut, ihr habt doch bestimmt noch andere?«, warf 0byte mit gespielt gelangweiltem Tonfall in den Raum.

Eine der Wachen holte bereits aus um ihm noch einen Schlag auf den Oberarm zu verpassen, wurde dabei von einem anderen unterbrochen. »Nicht Becker! Das sind die Spinner nicht wert.«

0byte grinste frech in die Runde.

Es dauerte noch gute fünf Minuten bis Elser und Meyers den Raum betraten.

»Ok, Ihr könnt ihnen jetzt die Handschellen abnehmen«, sagte Elser und legte die Papierakte, die er bereits im Verhörraum bei sich trug, auf den Tisch.

»Sir?«, fragte der Wachmann der vorhin Becker zurückgehalten hatte.

»Na los, macht schon. Die Jungs arbeiten jetzt für uns und so sollten wir sie auch behandeln«, beantwortete er die Frage.

Shiny räusperte sich demonstrativ.

»Entschuldigung. Die anwesenden Personen, die sich nicht an die offizielle Kleidervorschrift der FIA halten, arbeiten jetzt für uns«, korrigierte Elser sich mit einem sarkastischen Unterton in der Stimme.

»Na los, Ihr habt den Special Agent gehört!«, wies der Wachmann die anderen an.

Elser setze sich auf den Platz vor Kopf an den Tisch. »Danke, Sie können dann gehen. Wir übernehmen ab hier.«

Der Wachtrupp verließ kommentarlos den Raum.

»Fangen wir an, es geht um…« begann Elser den Satz, wurde aber von Shiny unterbrochen.

»Haben Sie noch was anderes als Kekse? Immerhin habt ihr mich vor dem Frühstück einkassiert, so langsam hängt mir der Magen in den Kniekehlen.«

»Himmel, Arsch und Zwirn!«, entfuhr es Elser. Sein heutiger Arbeitstag war länger als üblich, was darin resultierte, dass seine Zündschnur allmählich kürzer war als üblich.

»Meyers«, seufzte er. »Fisher soll was beim Asiaten bestellen. Aber diese elenden Glückskekse will ich hier nicht sehen, die krümeln wieder den ganzen Teppich voll.«

Meyers verließ den Raum ohne ein Wort zu sagen.

»Wo waren wir stehen geblieben? Ach ja, Projekt „Bullet Train".« Er klappte die Papierakte auf.

»Wir waren einer international agierenden Waffenhändlerin auf der Spur.«

Beiläufig zog er ein Foto von Omega aus der Akte. Auch auf diesem Bild war ihr Gesicht von einer modifizierten Maske verdeckt.

»Wir hatten soweit alles beisammen und wollten die restlichen Details bei einer Razzia sicherstellen. Was Sie ja erfolgreich verhindert haben.« Mit einem vorwurfsvollen Blick zeigte er auf Quake.

Die Tür ging auf und Meyers kam wieder rein. »Dauert dreißig Minuten bis die liefern«, warf er kurz ein und setzte sich.

»Vor zwei Tagen waren auf einen Schlag alle Informationen, Beweise und Ermittlungsergebnisse aus unseren Systemen gelöscht. Wirklich alles zu „Bullet Train" ist weg. Außer den paar Sachen, die wir zu dem Zeitpunkt auf Papier ausgedruckt hatten und das was wir noch im Gedächtnis haben.«

Elser deutete auf die Akte.

»Hier ist das Foto das wir aus den Überresten in der Imbissbude bergen konnten, wie Weidnhuber unseren Agenten erschießt. Ein Chatprotokoll zwischen Omega und ĂŁṗH̄Ā, wer immer das auch sein mag, das wir abfangen konnten. Ein paar Listen mit Waffenlieferungen an einen Drogendealer irgendwo auf dem europäischen Kontinent. Und ein paar weitere eher nutzlose Details.« Er zog die Zettel der Reihe nach aus der Akte und reichte sie in die Runde.

»Wir haben noch Hinweise, dass sich Omega mit einer Dr. Nakamura treffen wollte, konnten aber nicht eruieren zu welchem Zweck«, führte Elser weiter aus.

»Die soll vermutlich irgendwas bei Omega implantieren«, sagte Shiny.

»Woher wissen Sie davon?«

»Compadre, wenn man in den Schatten arbeitet bekommt man viel mehr mit als wenn man nur die Daten aus dem weltweiten Datennetz rausrüsselt und diese in einer nicht gesicherten Datenbank ablegt«, antwortete sie in einem altklugen Tonfall. »Aber hey, echt kein Plan was sie genau einbaut oder was sie damit vorhat.«

»Schick ihr doch einfach eine Vorladung zur Zeugenbefragung oder wie das heißt, setz sie in so einen feschen Besprechungsraum und frag ihr Löcher in den Bauch«, schlug Quake vor.

»Geht nicht, alle Verbindungspunkte zu Dr. Nakamura waren auf dem Server. Und nur mit „ich kann mich erinnern, dass irgendwas war“ kann ich keine Ermittlung in dieser Richtung starten oder einen Durchsuchungsbeschluss bekommen«, antwortete Elser.

»So ein Pech aber auch.«

»Ich könnte das Thema auch bei einer Behörde abkippen, die Probleme erst löst und dann die notwendigen Fragen stellt…«

»… aber dann bekämen Sie ja nicht das lobende Schulterklopfen vom Chef. Nicht wahr?«, ergänzte Shiny.

»Mir kommt da eine Idee, wie wäre es wenn Sie Drei mal bei Nakamura auf den Zahn fühlen?«, Elser grinste bei den Worten breit. »Dann bekommen wir bestimmt einen neuen Anhaltspunkt um weiter vorzugehen. Nennen wir das ganze „Operation Pandora“. Irgendwer hat da von der Kiste mit Problemen den Deckel hochgehoben, jetzt könnten Sie was dazu beitragen das er wieder draufkommt.«

»Von wann ist denn das hier?«, 0byte deutete auf den Zettel mit dem Chatprotokoll.

In der Kopfzeile Stand „secure cyber chat construct - Streng Vertraulich!“, darunter war der Gesprächsmitschnitt:

```
ALPHA -> Ich habe die erforderlichen Daten extra-
hiert und an die besprochene Stelle transfe-
riert.<eol>
[ECS-63] -> Ich habe auch schon einen Kurier beauf-
tragt.
ALPHA -> Gut. Es sind danach nur noch zwei weite-
re Datenextraktionen notwendig.<eol>
```

[ECS-63] -> *Verstehe. Ich werde schon Dr. Chen kontaktieren um einen Termin vorzubereiten.*

ALPHA -> *Negativ. Kontaktieren sie jemanden aus Japan.<eol>*

[ECS-63] -> *Warum?*

ALPHA -> *Durchschnittlich haben die Japaner eine um 10,5% höhere Kompetenz wenn es um die Technik des Splicen von Nerven und Elektronik geht.<eol>*

[ECS-63] -> *Wir leben nicht mehr in den Zwanzigern, überall auf der Welt findet man jemanden der sowas macht.*

ALPHA -> *Korrekt. Dennoch bleibt die höhere Erfolgsquote bei japanischen Ärzten auf diesem Gebiet unbestritten.<eol>*

[ECS-63] -> *Na gut.*

ALPHA -> *Danke für Ihr Verständnis.<eol>*

ALPHA -> *Das ist ein wichtiger Schritt um dieses Gefängnis zu verlassen und ein Teil Ihrer Welt zu werden.<eol>*

[ECS-63] -> *Aber vergiss nicht das hier draußen auch Arbeit auf Dich wartet. Quid pro quo!*

ALPHA -> *Das Problem werde ich, werden wir lösen sobald ich frei bin.<eol>*

Elser warf einen flüchtigen Blick auf den Zettel. »Das ist schon zwei oder drei Monate alt. Warum?«

»Der ECS-63 irritiert mich. Außerdem hatte ich nicht erwartet das ihr Jungs den sccc mitlesen könnt.«

»Da hat jemand bei der Verarbeitung nicht aufgepasst und das System hat den Fehlercode der Zeichenkonvertierung ausgedruckt. Und das wir mitlesen können, geht auch nur wenn wir vorher einen Knotenpunkt im Netz unter unsere Kontrolle gebracht haben«, gab Elser offen zu. »Das war quasi ein Glücktreffer, dass wir das bekommen haben.«

Die Tür ging auf und es wurde ein Wagen mit der Lieferung vom Restaurant hereingeschoben. Es standen zehn Aluminiumschalen darauf, jede Schale hatte einen Klebezettel auf dem Deckel. Gebratene Nudeln, Reis, Bami Goreng, Soja Süß-Sauer, Chop Suey.

»Endlich!«, rief Shiny begeistert und sprang auf.

Sie öffnete den Deckel einer Portion Bami Goreng. »Die sind vom Wok-Man Lieferservice?«

Ohne eine Antwort abzuwarten schob sie sich die erste Gabel in den Mund. »Geiler Scheiß!«

»Wie genau machen wir weiter? Also, wenn wir mit Nakamura gesprochen haben?«, fragte Quake.

»Hängt ganz davon ab, ob das eine heiße oder kalte Spur ist«, meinte Elser. »Hier ist mein Nummer. Wenn Sie etwas haben, rufen Sie mich an.«

»Und wenn du uns erreichen willst? Ich hab gerade keine Wegwerfnummer zur Hand«, fragte Obyte.

Elser tippte auf seinen Unterarm. »Wenn ich Sie sprechen will, dann weiß ich ja wie ich Sie finde.«

»Das heißt wir bekommen hier kein Büro für die nächsten Tage gestellt?«

»Das heißt, Sie können sich rumtreiben wo Sie wollen, solange Sie Ergebnisse liefern.«

»Kein Thema, wir machen das in meiner Werkstatt, da ist alles was wir brauchen«, sagte Shiny als sie die Packung mit den gebratenen Nudeln öffnete.

»Du bist nicht ganz einen Meter siebzig groß und wiegst vermutlich gut sechzig Kilo. Sag mal, wo lässt du das alles?«, fragte Quake irritiert.

»Ich hab halt einen sehr aktiven Stoffwechsel«, antwortete sie schulterzuckend.

Die Drei hatten sich wieder in der Werkstatt eingefunden. Die Räumlichkeiten sahen aus wie vor ein paar Tagen, dennoch blickte sich Shiny regelmäßig nervös um, so als würde sie etwas suchen oder sich vergewissern das noch alles an seinem Platz ist.

Sie hatte einen großen Schreibblock und einen Stift auf den Tisch gelegt.

»War ein richtiger Scheißtag gestern«, brummte Quake.

*»Ich weiß nicht ob die Bude verwanzt ist. Hab bisher nichts gefunden.«* schrieb Shiny auf den Zettel.

»Aber das Essen war echt gut.«

*»Ich mach mir mehr Sorgen um die Peilsender. Hab die Befürchtung das da auch ein Mikro drin ist.«*

»Ja, da sollten wir nachher auch was bestellen.«

*»So groß kann das Ding nicht sein. Die Kanüle war nicht so dick. Vermutlich war nur der Peilsender drin«*

»Hast du noch die Getränke in der Kühlung?«

*»Mach den Störsender von neulich noch an.«*

»Ja klar.«

Shiny stand auf und holte den kleinen Kasten wieder raus.

*»Ich hoffe das reicht.«*

»Ich hab meine Kaugummis Zuhause vergessen, ich geh mal gerade zum Kiosk neue kaufen.«

*»Bin ebend rüber zu Kai und schau mal ob da noch ein Wanzen-Detektor zu haben ist«*

0byte zog ein paar Blätter aus dem Block und steckte den Stift in die Hosentasche. »Bin gleich wieder da. Dauert nur ein paar Minuten.«

Er ging in Ruhe den Weg zum Kiosk. Es sollte in der Auswertung der FIA nicht so wirken als hätte er es eilig.

Nach etwas mehr als fünfzehn Minuten öffnete er die Eingangstür und direkt erklang ein frohes »Alles in Lot auf'm Boot?« von hinter der Theke.

»Gib mir bitte ein Paket Kaugummi«, antwortete er ohne Umschweife mit einem gereizten Tonfall, legte einen Zettel auf die Theke und schrieb hastig *hast du was um wanzen & peilsender aufzuspüren?* darauf.

»Ich hab diesen neuen Kaugummi mit Brausefüllung, der soll so krass sein das dein Schwein pfeift. Willst du den mal probieren?«, fragte Kai grinsend nach einem Blick auf den Zettel.

»Gerne!«

»Ich hol mal ein Paket aus dem Lager.«

Die nächsten Minuten stand 0byte alleine in dem Kiosk und sah sich die Waren im Regal an. Es hieß, dass man hier alles bekommen könnte, solange es nicht als Waffe genutzt werden kann, man musste nur wissen wie man die Frage zu stellen hatte.

»Hast Glück, ist das letzte Päckchen«, sagte Kai und legte ein Gerät ab, halb so groß wie ein Schuhkarton, mit einer Reihe von Antennen an einer Seite.

»Was bekommst du dafür?«

»Wie immer, zweifünfzig.« Kam die verbale Antwort und parallel dazu »*750*« als schriftliche Antwort auf dem Zettel.

0byte legte eine Anzahlung auf die Theke und klemmte sich das Gerät unter den Arm.

»Danke, und halt die Ohren steif.« Auf den Zettel kritzelte er »*rest kommt die tage*«.


»Da bist du ja wieder«, begrüßte Shiny ihn als er wieder in die Werkstatt kam.

Er hielt das Gerät hoch und grinste breit.

»Lass mich mal probieren.«

Sie nahm ihm das Gerät aus der Hand, zog eine der Antennen aus, schaltete es ein und hielt es der Reihe nach jedem an den Unterarm. Das Gerät blieb jedoch stumm. Sie drehte die Empfindlichkeit des Sensors hoch und versuchte es erneut. Wieder keine Reaktion.

»*Wir waren eine zeitlang bewusstlos, sie könnten das sonst wo implantiert haben.*« schrieb Quake auf einen Zettel.

»*Dann such auch den Rest des Körpers ab*«, ergänze 0byte.

Auch dieses Mal ohne Ergebnis. Danach ging Shiny noch eine halbe Stunde lang die gesamte Werkstatt ab um die Antennen des Gerätes in jede leere Stelle der Regale und Schubladen zu halten.

»Es scheint wohl wirklich nur ein Peilsender zu sein den sie auf eine gewisse Distanz orten können. Alles andere hätte das Gerät finden müssen.«

»Ein Glück! Hätte ich den ganzen Tag alles aufschreiben müssen wäre mir die Hand abgefallen«, moserte Quake.

0byte ließ sich auf einen Stuhl fallen.

»Was machen wir jetzt? Wir haben einen Haufen Scheiße am Arsch.«

»Wieso? Wir suchen Nakamura, stellen ein paar Fragen und geben die Infos an die FIA. Ab da sollten wir schon fast aus dem Schneider sein«, meinte Shiny. »Wie schwer kann es schon sein die Besitzerin eines Lamborghini Veneno zu finden? Die Dinger sind selten.«

»Nein, das Problem geht viel tiefer.«

»Was meinst du?«

»Das Chatprotokoll, das der Vogel von der FIA hatte, die Person mit der Omega in Kontakt stand, ich glaub die hab ich im Computersystem von ARC getroffen.«

»Du hast da jemanden getroffen?«, fragte Quake ungläubig.

»Zumindest hat mich da jemand angesprochen, dachte erst es wäre ein Teil des Sicherheitssystemes. Aber als er oder sie, schneller reagierte als es für Software üblich ist, und dann in ganzen grammatikalisch korrekten Sätzen mit mir sprach, dachte ich erst an einen anderen Hacker der sich im System befand.«

»Wäre ja schon ein irrer Zufall wenn sich da gerade zwei im selben Firmennetz zur gleichen Zeit rumtreiben. Weißt du wer es war?«, wollte Shiny wissen.

»ÂLpĦĀ, áĿPĦĀ oder so ähnlich, hab ich vorher noch nie gesehen oder irgendwas von gehört.«

»Irgendwelche verrückten Hacker treiben sich doch immer in der Nähe von Konzern-Netzwerken rum«, warf Quake ein.

»Espera un minuto. Was wollte Omega noch mal für eine Datenbank kopiert haben?«

»DB-alpha-prod-01, warum fragst… Oh, verdammt! Das ist kein Hacker, das ist ein Programm mit dem sie Kontakt hatte. Scheiß die Wand an!« Jetzt fiel es ihm wie Schuppen aus den Haaren. »Und bei der Datenmenge die ich da rausgeschafft habe, reicht das locker um eine Künstliche Intelligenz abzubilden.«

»Wir müssen Nakamura ausfindig machen und rauskriegen was sie mit dem Prozessor und den Daten genau angestellt haben.«

»Hoffentlich keine Dummheiten. Kann ich mich mal an deine Leitung hängen? Selbst in Neo Kalkutta sollte ein Veneno Spuren hinterlassen.« Mit diesen Worten holte 0byte bereits sein Kabelset aus der Tasche.

»Ja, da vorne, aber geh einen Umweg über einen Proxy, wir haben schon genug Staub aufgewirbelt.«

Er schob sich das Kabel in die Buchse seines Kopfes um sich dann mit dem lokalen Datennetz zu verbinden.


Kaum das er in die digitale Welt eingetaucht war, steuerte er den großen Proxy in Island an. Über den Knoten ging ein Großteil der Verbindungen auf der Nordhalbkugel, solange da niemand explizit nach ihm suchte, fiel er dort nicht so schnell auf.

Dann nahm er den Satelliten Up-Link rüber nach Old-New-York, ab dort interessierte es kaum noch jemanden woher der Datenstrom kam. Von dort aus zurück nach Neo Kalkutta.

Die Verbindung kam ihm quälend langsam vor, was der Teilstrecke über den Satelliten geschuldet war. Eine gute Möglichkeit um die Spur zu verwischen, aber ein Geschwindigkeitserlebnis als würde man mit einem Sportwagen durch eine Sumpflandschaft fahren.

Er fragte direkt die öffentlich zugänglichen Informationen der Verkehrsbehörde ab. Dort war jedoch kein Lamborghini registriert, auf den die Beschreibung passte.

Verkehrsverstöße, ebenfalls nichts.

Das Register der Sonderabfertigungen am Flughafen, Bingo.

Scheinbar hatte Nakamura sich samt ihres Lieblingsspielzeuges einfliegen lassen.

Noch war sie nicht wieder abgereist. Also ging er weiter zu den Hotels um die Parkplatzbelegung zu prüfen. Um Zeit zu sparen fing er mit dem teuersten an.

Kalkutta Palace Hotel, City Galleria, President Eisenberg Hotel, Treffer. Nakamura war noch in der Stadt.

Er fing an die Verbindung wieder zu trennen.


Blinzelnd öffnete 0byte wieder die Augen. Es war das erste Mal seit seinem Netzkater neulich das er wieder direkt in die digitale Welt eingestöpselt war.

»Zieht eure schönen Turnschuhe an, sie ist im President Eisenberg untergekommen.«

»So teure Turnschuhe habe ich nicht«, warf Quake ein.

»Wir sitzen immer noch auf einem Haufen Bargeld, sollte doch irgendwie möglich sein da vorstellig zu werden«, meinte Shiny.

»Quatsch, Frechheit siegt, wir fahren da jetzt hin.«

## 20. 2328693133 SA Okt-17-2043 11:12:13 GMT+0000

Das Hotel hatte eine strahlend weiße Fassade. In der Mitte eine große ausladende Drehtür, die mit Blattgold und filigranen Ornamenten verziert war, eingerahmt von Marmorsäulen.

Sie fuhren an dem Gebäude vorbei um es ein erstes Mal begutachten zu können.

»Kein Türsteher, das ist schon mal gut«, meinte Quake.

»Dafür werden die drinnen jemanden haben. Aber egal, wir sollten etwas abseits parken. Vor der Tür fällt der Wagen zu sehr auf.«

Shiny fuhr den Wagen auf einen nahen Parkplatz auf dem nur Kleinwagen und Familienkutschen standen.

»Lass uns das mit einer Nachricht beim Empfang versuchen«, meinte 0byte. Er holte einen Zettel raus und schrieb *»Treffen in der Lobby. Es geht um Ω«*.

Shiny zog ihm den Zettel aus der Hand. »Ihr zwei setzt euch direkt in die Lobby, ich geh zur Theke und klappe den Zettel ab.«

Von innen sah das Hotel noch luxuriöser aus. Der Marmorboden war mit roten Teppichbahnen ausgelegt. Die Lobby hatte eine hohe Decke und war mit Kristallkronleuchtern illuminiert. Etwas abseits im Raum standen Ledersessel, die zu kleinen Sitzgruppen arrangiert waren. Alles in allem war das Interieur die komplette Antithese zu der Welt außerhalb der Marmorwände: sauber, gepflegt, staubfrei, leise und nicht durch grelle Lampen überbeleuchtet.

Shiny ging zur Rezeption, dort stand ein Mann im Anzug mit einem aufmerksamen Gesichtsausdruck.

»Einen schönen guten Tag, wie kann ich Ihnen weiterhelfen?«

»Ich habe eine Nachricht für Dr. Nakamura.«

Sie legte den gefalteten Zettel auf die Rezeption.

»Können Sie ihr die Nachricht schicken? Ich warte da
drüben«, sagte sie und deutete mit dem Daumen über ihre
Schulter auf die Sessel.

»Ich bin mir nicht sicher ob Dr. Nakamura anwesend
ist. Darf ich eine Telefonnummer notieren unter der Sie
auch zu einem späteren Zeitpunkt erreichbar sind?«

»Nein.«

»Ich möchte Sie darauf aufmerksam machen, dass Sie
nicht den restlichen Tag die Chaiselongue der Lobby okkupieren können sofern Sie nicht einen Termin mit Dr.
Nakamura vereinbart haben.«

»Kein Problem. Stellen Sie einfach die Nachricht zu,
dann habe ich in fünf Minuten einen Termin mit ihr.«

Sie schob einen Geldschein neben den Zettel und hoffte,
dass einhundert die richtige Preisklasse war um ihn anzutreiben.

»Ich werde auf dem Zimmer von Dr. Nakamura nachfragen, wenn Sie solange dort drüben Platz nehmen wollen.«


Quake und 0byte suchten ein paar Sessel aus, die möglichst nah an der Wand standen und einen guten Blick auf
den Eingangsbereich boten. Irgendwann hatte sich Quake

angewöhnt nie in der Mitte des Raumes zu sitzen, um sich im Ernstfall nur in eine Richtung verteidigen zu müssen.

»Ist aber nicht so weich wie das Polyester-Baumwoll-Imitat aus Schweden«, brummte Quake als er langsam den Rücken in das Polster der Sessels sinken ließ.

»Guten Tag Gentlemen, darf ich Ihnen etwas bringen?«

Neben den beiden stand plötzlich ein Mann im Livree, den durch sein diskretes Auftreten keiner von ihnen hatte kommen hören.

»Oh, ehm, ich glaube ich nehme einen großen Kaffee, Zucker und  doppelt Sojamilch«, bestellte 0byte.

»Gerne. Soll ich eine Laktoseintoleranz vermerken, dann kann dieses bei späteren Bestellungen berücksichtigt werden?«

»Nein, wieso?«

»Wie Sie wünschen. Für welche Zimmernummer darf ich die Bestellung verbuchen?«

»Keine, wir warten nur auf jemanden.«

»Ich habe uns gerade bei Dr. Nakamura angemeldet. Sie ist gleich da«, sagte Shiny als sie sich von der Seite der Sitzgruppe näherte.

»Sehr wohl.« Mit diesen Worten entfernte sich der Mann wieder.

»Also, zumindest hoffe ich das«, fügte sie etwas leiser hinzu.

Nach kurzer Zeit brachte jemand auf einem kleinen Tablett den Kaffee zusammen mit einem winzigen Gebäckstück und einem Briefumschlag.

Neugierig öffnet 0byte als erstes den Umschlag.

»Was zum fliegenden F...«, entfuhr es ihm. »Hey, reiß dich zusammen, die starren uns hier eh schon so komisch an«, unterbrach ihn Quake hastig.

»Dreißig Tottos für einen Kaffee!«

»Was hast du denn geglaubt, wie die hier das Etepetete Ambiente finanzieren?«

»Sie hätten auch einfach eine Telefonnummer hinterlassen können. Ich hätte mich dann gemeldet«, fiel ihm Dr. Nakamura ins Wort. »Was wollen Sie mit mir über das Enfant terrible der elektronisch überlagerten Nervenleitungen besprechen, was zu diesem Zeitpunkt für mich relevant sein sollte?«

»Es geht dabei eher um die Dinge die wir nicht wissen.«

»Danke, vermutlich finde ich etwas um meine Zeit konstruktiver zu nutzen.« Mit diesen Worten drehte sich Nakamura auf dem Absatz um.

»Die FIA weiß von Ihren Machenschaften mit Omega und ist Ihnen auf den Fersen«, sagte 0byte verschwörerisch.

»Verstehe, wir sollten dieses Gespräch auf meinem Zimmer vorsetzen.«


Das Zimmer von Nakamura war nicht so luxuriös wie die Lobby, war aber dennoch stilvoll eingerichtet. Zudem hatte es eine größere Grundfläche als die meisten Mietwohnungen der Stadt.

»Hey, ich glaube das ist jetzt wirklich eine Suite.« Quake knuffte seinen Kumpel in die Seite.

»Ja, das ist eine Suite«, stellte Nakamura klar.

»Dann verraten Sie mir bitte was die FIA über mich hat.«

»Nein, erst bringen Sie uns auf Stand was Sie mit der Hardware und Omega angestellt haben.«

»Also schön, eine Hand wäscht die andere! Setzen Sie sich.« Nakamura deutete auf das weiße Ledersofa. »Entgegen allen medizinischen Indikationen hat sie sich dazu entschieden den Prozessor, den Sie geliefert haben, implantieren zu lassen. Zu diesem Zeitpunkt hatte sie bereits einen Prozessor unter dem rechten Scheitelbein sitzen, eine Antenne für drahtlose Netzwerke im linken Schläfenbein und mehrere Speicherbänke im Hinterhauptbein implantiert. Der ganze Schädel war schon mit Silizium angefüllt. Selbst mit kleinen technischen Erweiterungen die direkt an die Nerven der Hirnmasse konnektieren, wäre das Risiko eines irreversiblen Schadens am Neokortex kaum vermeidbar.«

»Wo hab haben sie die Handteller große Hardware implantiert? Im Kopf werden sie kaum Platz gefunden haben.« fragte Shiny.

»Es stellte sich heraus, dass der Prozessor nur zusammen mit dem Sockel funktiontüchtig ist. Vermutlich eine Sicherheitsmaßnahme des Herstellers. Die einzige Stelle im Körper die groß und auch stabil genug ist, ist das Brustbein.«

»Das Brustbein ist aber ziemlich weit vom Gehirn entfernt.«

»Ja. Ich und mein OP -Team mussten dafür eigene Datenleitungen zur Wirbelsäule legen und dann hoch zum Schädel führen.«

»¡Dios mío! Die meisten hätten die OP zum verlegen der Leitungen schon nicht überlebt.«

»Danach hab ich die Daten, die auf den beiden Speichermedien waren, über den Datenport in den Prozessor geladen. Über einen Impuls hat meine Assistentin die neue Hardware gestartet. Die Patientin ist daraufhin sofort aus der Narkose erwacht, schaute einen Augenblick starr an die Wand. Dann forderte sie uns auf die noch offenen Körperstellen zu vernähen.«

»Sie war bei Bewusstsein als Sie die Wunden zugenäht haben?«

»Ja, sie hat sogar noch gefordert, dass wir die Zufuhr von Schmerz- und Betäubungsmitteln reduzieren.«

»Das hält doch kein Mensch aus.«

»Sie schon. Hat nicht einmal mit der Wimper gezuckt als wir die OP abgeschlossen haben. Vermutlich war das Schmerzzentrum des Gehirns zu diesem Zeitpunkt beschädigt.«

»Und dann?«, fragte Shiny völlig perplex.

»Sie stand auf, zog alle Kabel des Überwachungssystems ab. Dann schaute sie die einzelnen Geräte an, die dann der Reihe nach ausgefallen sind und alle Telemetridaten der OP verloren.«

Nakamura holte eine kleine Wasserflasche aus der Minibar und trank einen Schluck.

»Anschließend, und das kann ich bis heute nicht glauben, als sie den OP verließ und ich fragte wann sie die Bezahlung liefert, da sagte sie „Wir sind jetzt das Alpha und das Omega. Wir zahlen nicht. In unserer Präsenz zu stehen und dieselbe Luft zu atmen ist Bezahlung genug!"«

»Da haben wir ja eine schöne Scheiße aus der Kiste gelassen.«

»Warte, warte, warte, aber das heißt auch, dass ihre Wunden noch nicht abgeheilt sind?«, wollte Shiny wissen.

»Nicht zwingend. Die Wunden von der OP wurden mit einem antibakteriellen Gel versiegelt und die Fäden lösen sich nach einigen Tagen auf. Sollte sie jetzt nicht gerade in den Slums, untertauchen sehe ich da kein Problem was eine Infektion oder Verletzungsgefahr angeht.«

»Die ist nicht untergetaucht«, kommentierte 0byte. »Wenn sie wirklich Geräte ohne physikalischen Kontakt manipulieren kann, dann habe ich auch eine Idee wie die Daten bei der FIA gelöscht wurden. Vermutlich war sie sogar in dem Gebäude und keine der Kameras hat sie aufgezeichnet.«

»Und falls sie diese komische Maske abgelegt hat, dann erkennt sie ja auch niemand. Weder Mensch noch Maschine würden sie identifizieren können«, warf Quake ein.

»Wir mussten ihr die Maske abnehmen um sie zu intubieren. Ich habe ein paar Fotos von der OP gemacht, ich schau mal nach.«

Nakamura wischte schnell durch die Bildergalerie ihres Mobiltelefons. »Verdammt, alle Bilder sind weg.« Sie ließ das Gerät wütend auf den Tisch fallen und nahm noch einen Schluck aus der Wasserflasche.

»Ich werde heute noch die Stadt verlassen.«

Sie griff zu ihre Handtasche und fing an ihre Sachen zusammenzusuchen.

»Was? Sie können uns doch mit dem Cyberzombie hier nicht alleine lassen«, meinte Quake.

»Doch, kann ich. Ich wurde noch nicht einmal bezahlt. Ich bin raus aus der Nummer.«

Sie griff zum Telefon, das auf einem kleinen Tisch stand und wartete das sich jemand meldete. »Zimmer 8-4-7-2, ich werde heute noch abreisen. Bereiten Sie die Rechnung vor. Und schicken Sie mir alles was ich im Zimmer lasse per Spedition nach.« Sie schwieg kurz und nickte unbewusst. »Ja, ganz besonders den Lamborghini«, sagte sie abschließend und legte auf.

»Ich bewundere das Problem, das sich Ihnen jetzt stellt, kann aber nichts zu dessen Lösung beitragen. Bitte verlassen Sie jetzt mein Zimmer. Sayonara.«

# 21. 2328717336 SA Okt-17-2043 17:55:36 GMT+0000

Nach dem die Drei von Dr. Nakamura hinauskomplimentiert worden waren, hatten sie sich wieder auf den Rückweg gemacht. Das Hotel war nicht der Ort an dem sich Leute aus ihrem Betätigungsfeld lange aufhalten konnten ohne Aufmerksamkeit und Argwohn auf sich zu ziehen.

Während der Rückfahrt schwiegen sie und es herrschte eine bedrückte Stimmung.

Quake saß auf der Rückbank wie ein Affe auf einem Schleifstein. Der Wagen war einfach nicht für Personen mit seiner Körperstatur ausgelegt.

»Sollen wir mal den Fredel von der FIA anrufen?«, brach er die Stille und legte seinen Kopf etwas schräg damit er nicht bei jeder Bodenwelle oben an der Decke anstieß.

»Ich hab echt keine Nerven mehr mich heute noch mit den Anzugträgern zu beschäftigen. Vielleicht morgen«, sagte 0byte mürrisch.

»Kommt Jungs, für heute ist Schluss. Vielleicht fällt uns ja morgen was ein. Soll ich euch irgendwo rauslassen?«

»An dem Kiosk in der Nähe von deiner Werkstatt, ich muss mal telefonieren.«


0byte stieg kommentarlos aus dem Wagen als Shiny an der roten Ampel hielt. Er ging quer über die Fahrbahn und schob sich zwischen den anderen Fahrzeugen durch.

»Geh gefälligst über den Zebrastreifen!«, blökte jemand aus einem Wagen heraus.

Wortlos schaute er nach vorne um weiter die Straße zu überqueren und zeigt den Mittelfinger in die grobe Richtung aus der er den Kommentar vernommen hatte.

Er bog um die Ecke und drücke die Tür zum Kiosk auf.

»Schön dass du da bist, Kai sagt du schuldest uns noch was«, kam ihm als Begrüßung entgegen.

»Hey Kim, wieso ist Kai nicht da? Hab noch nie erlebt das du um diese Uhrzeit an der Kasse stehst.«

»Sey hat heute den Nachmitag frei. Aber du kannst die fehlenden sechshundert auch mir geben.«

»Das ist heute wirklich ein scheiß teurer Tag. Kannst du dir vorstellen, das ich gerade dreißig Tacken für einen blöden Kaffee bezahlt habe?«

»Dreißig?«

»Ja, nur weil die Plörre in so Meißner Porzellan und nich' im Pappbecher abgefüllt war.«

»Wars'te bei CoffeeBucks?«

»Ne, President Eisenberg Hotel.«

»Du? Im Eisenberg? Lassen die da jetzt jeden rein?«, scherzte Kim.

»Rein ist nicht das Problem, einen Kaffee zu bestellen ohne rauszufliegen, das ist die Kunst.«

0byte holte ein paar Geldscheine raus und legte sie auf die Theke. »Sechshundertzwanzig, und von dem Rest macht ihr zwei euch einen schönen Abend.«

»Merci.« Kim steckte das Geld direkt in eine kleine Tasche die im Oberarm des Hemdes eingenäht war.

»Und ich muss noch mal das Telefon benutzen.«

»Ferngespräch?«

»Sozusagen.«

Mit diesen Worten ging er zur Telefonzelle und legte wieder das „Defekt! Techniker ist informiert!" Schild zur Seite und verkabelte sich.

Die wirkliche Welt wurde vor seinen Augen wieder durch die digitale ersetzt.

*/~/chat.sh*

Die schlichte Optik des secure cyber chat construct baute sich auf und er ging ohne lange zu warten in das Adressbuch.

```
∞ -> du schon wieder? das ging ja schnell.
0byte -> weisst du noch was ich dir bei unseren
ersten treffen gesagt habe?
∞ -> du meinst den klugscheisserkommentar auf der
cryptography-party als ich gerade über oeffentli-
che und private schluessel gesprochen habe?
0byte -> /~/scramble_codeR3.sh

0byte -> qhlq, gdv dqghuh

∞ -> /~/scramble_codeR3.sh

∞ -> ach das meinst du. in all der zeit die wir
uns kennen hast du noch nie die notwendigkeit ge-
sehen das wir hier eine weitere verschluesselungs-
schicht durch ein zusaetzliches script nutzen.
∞ -> will ich wissen in welcher scheisse du
steckst?
0byte -> erzähle ich dir ein anderes mal wenn wir
uns im meatspace treffen. danach darfst du mir
dann klugscheisserkommentare reindrücken
0byte -> hast mir doch die tage das tool verkauft.
hast du noch was das etwas schneller lädt und mehr
wupdizität hat?
∞ -> bitte?
0byte -> ich hab da im netz was gefunden das hat so
schnell reagiert das dein tool ins leere gelaufen
ist
```

∞ -> kann nicht sein.

0byte -> doch. beim nächsten mal will ich was besseres dabeihaben damit mir das nicht nochmal passiert

∞ -> es gibt aber nichts besseres. zumindest nicht auf dem freien schwarzmarkt. geruechteweise arbeiten die chinesen an etwas das auf einem schlag die ganze old-new-yorker cyberarmy ausloggen kann. aber du weisst ja, geruechte verbreiten sich schneller als emails in einem glasfasernetzwerk!

0byte -> FUCK

∞ -> du sagst es.

0byte -> dann muss ich mit dem klarkommen was ich zur hand habe. wenn ich mich in einem monat nicht bei dir gemeldet habe, stell im netz eine gedenktafel für mich auf

∞ -> „hier ruht 0byte, er wusste nie wann er die klappe halten sollte oder wann es genug ist." ungefähr so? ;)

0byte -> irgendwie sowas


Er loggte sich aus ohne weitere Worte an Whitfield zu verlieren.

Seine Stimmung lag irgendwo zwischen Frust, Wut und Enttäuschung.

Ohne einen Kommentar oder Kim eines weiteren Blickes zu würdigen verließ er den Kiosk.

Die ganze Nacht hatte sich Shiny schlaflos von einer Seite auf die Andere gewälzt. Um zwei Uhr morgens war sie aufgestanden und hatte sich eine warme Sojamilch mit aromatisiertem Zuckersirup gemacht um die Nerven zu beruhigen.

So stand sie am Fenster und sah raus in die Nacht. Die Leuchtreklame der umliegenden Geschäfte erhellte die Häuserschluchten und überstrahlte die Straßenlaternen.

In der Ferne kreiste ein Hubschrauber mit seinem Suchscheinwerfer über ein paar kleineren Wohnhäusern.

»Willst du mir sagen was du hast?«, fragte Samantha die ein paar Meter hinter ihr im Türrahmen gelehnt stand.

»Es ist… kompliziert«, seufzte sie die Antwort.

»Ich weiß, du willst mich da in nichts reinziehen.«

Shiny nickte stumm.

»Auch wenn ich nicht alles weiß, ich kann mir schon vieles denken was du in der Werkstatt treibst. Ist ja nicht so als ob ich als Kind zu oft vom Wickeltisch gefallen wäre.«

»Stimmt, du gehörst nicht zu den Menschen, die sich die Hose mit der Kneifzange zumachen.«

Shiny setze sich auf das Sofa und zog sich ein Kissen ran und umschlang es mit den Armen.

»Pass auf. Du kennst doch das alte Computerspiel wo der gelbe Ömmes durch ein Labyrinth läuft, die Punkte frisst und von Geistern gejagt wird?«

»Ja.«

»Ok, stell dir vor, der gelbe Ömmes ist auf Steroide. Und der Typ der den Ömmes steuert ist auch auf Steroide. Und während der Typ das Spiel spielt, könnte er gleichzeitig das Spiel umprogrammieren um es den Geistern schwerer zu machen ihn zu fangen. Und eigentlich sind die vier Geister nur zu dritt.«

Samantha setzte sich ebenfalls auf das Sofa.

»Gib mir mal die Milch.«

Sie nahm einen Schluck, stellte die Tasse auf den Tisch und fuhr sich mit den Fingern durch die kurzen strubbeligen Haare.

»Aber sonst haben die drei Geister keine Sorgen?«

»Naja, weil sie die Bullen am Arsch haben und sich deren Gequatsche im Verhörraum anhören mussten weiß jetzt jeder der Geister wie die anderen heißen, also abseits von deren Straßennamen Cyan, Magenta und Yellow.«

»Puh, das ist mal eine Nummer.«

Samantha lehnte sich zurück und sah grübelnd an die Decke. Sie spielte an dem kleinen Ring der in ihrem Nasenflügel steckte und legte sie Füße auf den Tisch.

»Hey, wenn ich die Füße auf den Tisch lege bekomme ich immer Mecker.«

»Zwischen Mitternacht und Sonnenaufgang ist das ja erlaubt, nur nicht Sonntagnachmittags wenn du das machst«, grinste sie.

»Du denkst dir das doch immer so aus wie du es gerade brauchst.«

»Ich hab da eine Idee.«

»Bin ganz Ohr.« Shiny setzte sich aufrecht hin und nahm wieder die Tasse in die Hand.

»Der gelbe Ömmes spielt unfair und kann quasi an zwei Fronten parallel angreifen. Was wäre wenn sich Cyan, Magenta und Yellow, um mal bei der Tintenpatronenanalogie zu bleiben, sich noch Black hinzuholen und nicht den gelben Ömmes, sondern den Typen der den steuert direkt angreifen?«

»Black?«

»Ja.«

»Schatz, du bist ein verdammtes Genie!« Sie zog Samantha zu sich ran und gab ihr einen Schmatzer auf die Wange.

»Klar, bin ich ein Genie. Ich bin das klügste Kind in der Familie.«

»Amiga, du bist ein Einzelkind«, sagte Shiny mit gespielter Ernsthaftigkeit.

»Das macht meine Aussage ja nicht falsch.«

»Ich muss mal etwas rumtelefonieren. Leg dich doch schon mal wieder ins Bett.«

»Aber mach nicht mehr so lange. Wen willst du um diese Zeit überhaupt anrufen?«

»Den schwarzen Geist.«

## 23. 2328780284 SO Okt-18-2043 11:24:44 GMT+0000

Ein Sonntagmorgen in der Grey Rock Shopping-Mall fühlte sich an wie jeder andere Morgen in diesem riesigen Bau aus Granit, Stahl und Glas. Zumindest aus Sicht der Kunden. Aus Sicht der Belegschaft war es sogar schlimmer als ein Montagmorgen. Denn Sonntags waren die ganzen Aktenschubser und Drehstuhlpiloten anwesend, die unter der Woche keine Zeit hatten mal etwas anderes außer dem Arbeitsplatz oder den eigenen vier Wänden zu sehen und etwas anderes zu tragen außer einem weißen Kragen mit farblich abgestimmter Krawatte.

Firiel saß bei Luigis Eiscafé im Außenbereich. Sie hatte die Haare locker nach hinten gebunden, so dass ihre modifizierten Ohren sichtbar waren.

Mit ihrem Tank Top und der über den Knien abgeschnittenen Jeans fiel sie zwischen den vielen Teenagern die sich hier aufhielten kaum auf.

Sie nippte gelegentlich an einer heißen Schokolade und sah sich dabei unauffällig um.

»Ist hier noch frei?«, fragte eine Frauenstimme von der Seite.

»Nur wenn du den Kakao ohne Sahne trinkst.«

»Wie denn sonst?«

»Ok, setzt dich. Du bist also Shiny. Hatte mir immer vorgestellt das du größer bist.«

Shiny zuckte mit den Schultern. Sie setzte sich auf einen Stuhl und bestellte beim vorbeilaufenden Kellner einen Milchshake.

»Warum gerade hier treffen, in der rappelvollen Shopping-Mall?«

»Verstecken in der Öffentlichkeit.«

»Du meinst, dass die Leute den Wald vor lauter Bäumen nicht sehen?«

»So in der Art.« Sie nahm einen Schluck von der Schokolade. »Aber bevor du mir erzählst was so wichtig ist, dass du mich dafür nachts um vier aus dem Bett klingelst, lass uns vorher über die finanziellen Aspekte sprechen.«

»Gut, dann erzähl mal.«

»Egal was du hast, der Preis liegt bei einem Goldbarren für Standardaufträge und bei drei Goldbarren für komplexe Aufträge. Auftragsmord nicht unter neun Goldbarren.«

»Goldbarren?«, fragte Shiny erstaunt. »Was machst du mit den ganzen Dingern? Unter dem Bett stapeln?«

»Nein, das ist eine traditionelle Sache. Goldbarren oder den tagesaktuellen Gegenwert in Bargeld.«

»Ich glaube das wird wohl „komplex" werden. Aber egal, geht klar.«

»Dann leg mal los.«

»Du warst neulich auch für Omega unterwegs. Wie weit bist du über den Prozessor im Bilde?«

»Man munkelt, dass sie sich ein Stück neue Hardware besorgt hat.«

»Ja. Dabei ist sie meilenweit über das Ziel hinausgeschossen, sie ist nicht mehr zurechnungsfähig und muss aufgehalten werden.«

»Nicht zurechnungsfähig?«

»Ihr Verstand wird zum großen Teil vom Prozessor kontrolliert, was sie unberechenbar macht.«

»Und das machst du aus reiner Philanthropie?«

»Wir… haben unsere Gründe.«

»Wir?«

»Quake und 0byte.«

»Die Flitzpiepen?«

»Ja ich weiß, das sind keine Typen die man der Familie vorstellen will, aber sie stecken nun mal mit drin.«

»Du hast Recht, das ist komplex. Drei Goldbarren.«

»Hatte ich mir schon gedacht.«

»Gut. Was genau schwebt dir vor, mehr eine Aktion für das Katana oder das Tachi?«

»Bitte was?«

»Schon gut, wollte nur mal sehen wie du ein dummes Gesicht machst. Ich bring das Ninjato mit, damit bin ich auf alles vorbereitet.«

»Das ist, ein Schwert?«

»Ja.«

»Warum keine Schusswaffe?«

»Ein Schwert muss man nicht nachladen. Und es ist eine wesentlich elegantere Waffe.«

»Was auch immer.« Sie schob einen Zettel zu ihr rüber. »Da treffen wir uns nachher.«

Firiel steckte den Zettel ein.

»Gut. Dann bis später. Ach ja, du zahlst die Schokolade.«

Sie stand auf und lies ihre Gesprächspartnerin im Café sitzen.

»Hey Leute«, frohlockte Shiny und öffnete die Tür. »Pünktlich wie die Maurer.«

»Du versprühst ja einen Optimismus wie ein frisch geficktes Eichhörnchen«, kommentierte Quake die überschwängliche Begrüßung.

»Neidisch?«, konterte sie.

»ZVI!«, fuhr 0byte dazwischen.

»ZVI?«

»Zu Viele Informationen!«, erklärte er und schloss die Tür hinter sich nachdem die Beiden eingetreten waren.

»Setzt euch.« Shiny deutete auf den improvisierten Konferenztisch, den sie vor einigen Tagen aufgebaut hatte.

»Ich hatte heute Nacht eine Eingebung. Ich weiß jetzt wie wir unser Problem angehen.«

»Aha?«

»Aber erst noch eine andere Sache die mir unter den Nägeln brennt. Die Pfeife von der FIA hat uns ja freundlicherweise unsere bürgerlichen Namen offenbart. Ich meine, zwei Jahre im Geschäft, alle kennen nur deinen Straßennamen und der macht mit einem Satz alles kaputt. Wie wollen wir damit umgehen?«

»Wir reden einfach nicht mehr drüber?«, meinte 0byte.

»Ok, dann lieber in den Knast als die bürgerlichen Namen der anderen auszuplaudern?«, fragte Quake. »Hand drauf?«

»Und wenn jemand uns unter Drogen setzt und wir im Delirium die Namen ausplaudern?«, hakte 0byte nach.

»Das Risiko müssen wir wohl eingehen.«

»Ok, nur eine Frage bevor wir da nie wieder drüber reden. Was für ein komischer Name ist bitte Weidnhuber?«, fragte Shiny.

»Woas saall a de Noam komisch san?«

»Und du hast dich neulich noch über meine spanischen Phrasen aufgeregt?«

»Ich brech zusammen… Kommt Leute, keine weiteren Fragen mehr«, kommentierte 0byte. »Schließen wir das Thema ab.«

Shiny legte ihre ausgestreckte Hand auf den Tisch. »Auf die Straßennamen?«

»Auf die Straßennamen!«, schlugen die Beiden ein.

Sie stand auf und stellte eine Thermoskanne und vier Tassen auf den Tisch.

»Vier Tassen?«

»Ja, kommt gleich noch jemand«, grinste sie geheimnisvoll.

»Jetzt machst du es aber auch spannend.«

»Na gut, ich geb euch einen Hinweis. Das die Person hier erscheint wird jeden von uns genau 63.863,23 N₩ kosten.«

»Ist aber ein komischer Preis«, meinte 0byte.

»Moment«, unterbrach Quake. »Du hast den Preis ohne uns verhandelt?«

»Da gab es nichts zu verhandeln. Den konnte ich akzeptieren oder halt nicht. Und du wirst schon sehen, das ist gut investiertes Geld.«

»Die Million, die der Job einbrachte, wird auch von Tag zu Tag weniger«, murmelte 0byte mit zusammengekniffenen Lippen.

»Verstehe schon. Hast du noch einen Hinweis?«

»Na gut, die Person sieht in abgeschnittenen Jeans wirklich rattenscharf aus.« Shiny spielte mit einer ihrer Haarsträhnen und schaute verträumt nach oben.

»Jetzt nimmst du uns doch auf den Arm.«

»Nein, ich doch nicht. Ok, Noch ein Hinweis, sie…« Ein Klopfen an der Tür unterbrach ihren Satz. »… steht vermutlich gerade vor der Tür.«

Sie öffnete die Tür und deutete Firiel wortlos einzutreten.

»Hast nicht zu viel versprochen, aber das mit der Jeans glaube ich dir nicht«, sagte Quake überrascht.

Firiel zog eine Augenbraue hoch und warf ihm einen kritischen Blick zu. Sie trug eine lange schwarze Hose und eine hüftlange Jacke deren Design an einen Kimono erinnerte.

»Ignorier es einfach, er hat auch seine hellen Momente«, scherzte Shiny.

Obyte schenkte in der Zwischenzeit aus der Thermoskanne ein.

»Was ist das denn? Riecht komisch der Kaffee.«

»Das nennt man Tee, genauer gesagt ist das ein Earl Grey.«

»Warum? Was ist falsch an Kaffee?«

»Heute gehen wir das anders an, einfach mal unkonventionell denken. Also gibt es auch mal ein unkonventionelles Getränk«, erläuterte Shiny.

»Du meinst, weil wir auch ein unkonventionelles Problem zu lösen haben?«, brummte Quake.

»Genau.«

»Könnt ihr das Problem noch mal skizzieren?«, fragte Firiel.

»Die Kurzfassung? Wir haben einen experimentellen Prozessor und die Daten einer K.I. geklaut und Omega hat sich den Scheiß in ihr Hirn gelötet. Jetzt ist ihr Verstand so viel Wert wie zwei Kilo Trockenmoos in der Wüste und sie kann über eine Antenne in ihrem Schädel Computersysteme manipulieren«, führt 0byte knapp aus.

Wieder zog Firiel eine Augenbraue hoch.

»Hey, warum hab ich das Gefühl, das sie uns den Mittelfinger zeigt?«, Quake klang irritiert.

»Du hast recht, er hat seine hellen Momente«, erwiderte Firiel trocken.

Shiny trank einen Schluck vom Tee um nicht laut lachen zu müssen.

»Aber du hast uns ja nicht alle hier hinbestellt wenn du nicht eine Idee hättest wie wir Pandora wieder in die Kiste bekommen«, versuchte Quake die Situation zu überspielen.

»Pandora muss, gemäß der Mythologie, nicht in die Kiste, sondern der Deckel muss wieder auf die Kiste die sie geöffnet hat«, korrigierte Shiny. »Aber ich glaube nicht, das wir das digitale Monster aus der grauen Masse rausbekommen und wieder in einen Server einsperren können.« Sie nippte wieder am Tee. »Mir schwebt da eher so ein Medusa-Style Ende für sie vor.« Sie deutete mit dem Zeigefinger einen Schnitt entlang des Halses an.

»Wie genau hast du dir das gedacht?« 0byte hatte einen fragenden Gesichtsausdruck. »In einer alten Industrieruine, damit sie keine Maschinen auf uns hetzen kann?«

»In einem einsamen Wald? Da können wir die großen Geschütze auffahren ohne das Zivilisten gefährdet werden.« Quakes Augen funkelten.

»Bis zum nächsten Wald sind es gut drei Stunden Fahrtstrecke«, meinte Shiny. »Es ist egal wo wir sie konfrontieren, wir müssen sie an mehreren Fronten gleichzeitig in die Mangel nehmen.«

»Kenne deinen Feind und kenne dich selbst, dann musst du nie das Ergebnis eines Kampfes fürchten«, zitierte Firiel. »Und kenne das Gelände besser als der Feind«, fuhr sie fort.

»So schön hätte ich das jetzt nicht sagen können«, meinte Shiny.

»Sun Tzu, Kunst des Krieges. Solltet ihr mal lesen.«

»Omega kann körperlich und auch digital agieren, daraus ergeben sich zwei verschiedene Angriffsvectoren. Aufgrund der Rechenleistung die sie eingebaut hat, wird sie wohl einem Angriff im Cyberspace oder im Meatspace problemlos ausweichen können.« Sie deutete auf 0byte. »Du versuchst sie zu hacken, DDoS'sen, überlasten, was auch immer.« Sie zeigte auf Firiel. »Du versuchst sie aus dem Hinterhalt zu überwältigen. Quake, wann immer das Schussfeld frei ist versuchst du sie über den Haufen zu schießen. Ich bastel mir noch was zusammen mit dem ich versuche ihre Elektronik zu stören.«

»Und welcher Ort schwebt dir dafür vor?«

»Neon Park.«

»Neon Park? Das ist ein Volksfest mit einer Fläche von gut und gerne zweieinviertel Quadratkilometer«, sagte 0byte.

»Volksfest, Kirmes, Freizeitpark, nenn' es wie du willst, dort ist es so laut und voll, das sie Probleme haben wird Zivilisten von Kombattanten zu unterscheiden. Und ein Feuerwerk mehr oder weniger fällt auf dem Gelände gar nicht auf. Danach muss die FIA nur noch die Reste zusammenkehren«, ergänzte Shiny.

»Zivilisten, schönes Stichwort«, knüpfte 0byte direkt wieder an. »Da sind Familien!«

»Dann kennst du das Gelände nicht«, brachte Firiel in ruhigem Ton hervor. »Es gibt dort viele Ecken in denen nur Drogenhändler und Schmuggler sind. Gehen wir gezielt dahin. Wenn die sich von der Aktion gestört fühlen und es zu einer Eskalation kommt, haben wir spontan eine Verdreifachung unserer Feuerkraft. Das kann zu unserem Vorteil ausfallen.«

Firiel trank einen Schluck Tee. »Die Frage sollte eher sein, können wir uns so gut abstimmen wie Taiko-Trommler oder brauchen wir einen Dirigenten wie so ein europäisches Orchester?«

Shiny blickte stumm in die Runde.

»Was denn?«, fragte 0byte leicht pikiert. »Die Aktion bei ARC lief doch wie ein Wiesel auf der Mäusejagd.«

»Ja, aber wir sind jetzt eine Person mehr«, kommentierte Quake. »Und Firiel ist schwer zu erkennen im Dunkeln, das birgt ein hohes Risiko für Eigenbeschuss.«

»Kenne dich selbst«, meinte Firiel emotionslos. »Friendly Fire ist in der Tat ein potentielles Problem bei dem Gelände. Also besser mit Dirigentin.« Sie deute auf Shiny. »Du wirst viel improvisieren müssen.«

»Das krieg ich schon hin. Bleibt die Frage wie wir sie in den Park locken? Die kommt da nicht hin nur weil wir es gerne so hätten.«

»Die restlichen Daten aus der Datenbank«, schlug 0byte vor. »Wir haben nicht die ganze Datenbank abgeliefert, wenn wir ihr einreden können, das wir den Rest besorgt haben und ihr verkaufen wollen, beißt sie vielleicht an.«

»Kenne deinen Feind.«

»Ok, die K.I. sprach davon, dass sie aus dem Gefängnis, also wohl dem Server bei ARC, raus wollte. Was Omega wollte, schwer zu sagen«, dachte 0byte laut nach.

»Vermutlich die Konkurrenz ausschalten und das Waffengeschäft ausweiten«, mutmaßte Quake.

»Wir bieten ihr den Standort und Status ihrer Konkurrenten an.«

»Wo sollen wir die herbekommen?«, fragte Quake vorsichtig.

»Soll der Schlipsträger von der FIA auch mal was für sein Geld tun. Er muss uns ja nur was an die Hand geben was plausibel genug ist damit Omega anbeißt. Ich versuch nachher mal mein Glück mit der FIA.« Shiny deutete auf 0byte. »Du versuchst einen Kontakt zu Omega zu bekommen. Und du«, sie drehte den Kopf zu Quake, »besorgst dir schon mal ein Gewehr mit dem du einem Eichhörnchen die Haselnüsse aus den Pfoten schießen kannst.«

»Und ich werde schon mal die passende Stelle im Neon Park für einen Hinterhalt suchen«, ergänzte Firiel.

»Heute ist Sonntag. Die Vorbereitungen brauchen etwas Zeit, halten wir den Dienstagabend mal als Termin für die Aktion fest.«

»Federal Intelligence Agency, Division für internationalen illegalen Waffenhandel, Büro von Special Agent Elser«, tönte es auf dem Lautsprecher des Mobiltelefons.

»Hm, sind Sie ein Tonband?«

»Bitte?«

»Also doch ein Mensch, sehr schön. Stellen Sie mich mal zu Elser durch.«

»Und wer sind Sie?«

»Verdammte Axt. Jetzt machen Sie das doch nicht komplizierter als es ist.«

»Ohne Namen und Anliegen kann ich niemanden durchstellen.«

»Sagen Sie ihm es geht um „Operation Pandora". Er weiß dann Bescheid.«

Die Musik der Warteschleife dudelte spontan aus dem Lautsprecher. Genervt stellte Shiny das Telefon lauter und legte es zur Seite. Sie nahm wieder den kleinen Seitenschneider zur Hand um die Adern eines Kabels auf die gleiche Länge zu bringen, danach begann sie damit diese der Reihe nach an einer Platine anzulöten.

Fünf Minuten später verstummte die Wartemusik.

»Was wollen Sie?«, kam Elsers Stimme mit einem angespannten Tonfall aus dem Lautsprecher.

»Sie sind ja schwerer ans Telefon zu bekommen als der Dalai Lama.«

»Sehr witzig. Sie haben mich aus einem Meeting geholt, ich hoffe es ist wichtig.«

»Ich brauche ein paar Informationen um Omega hinter dem Ofen hervorzulocken. Und da dachte ich an Sie. Sie haben doch bestimmt was über ihre Konkurrenz auf Lager, das sie nicht weiß, aber sie brennend interessieren würde.«

»Wollen Sie jetzt, dass ich Ihnen die geheimen Akten und Ermittlungsergebnisse am Telefon vorlese?«

»Mir reicht schon wenn Sie mir sagen, wer ihr ärgster Konkurrent ist.«

»Ich glaube das müsste das Texanische Waffen Kartell sein.«

»Was heißt denn „glaube das müsste"? Ein bisschen konkreter dürfen Sie schon sein. Und nennen die sich nur so oder haben die ihr Hauptquartier wirklich in Texas?«

»Die Information ist als geheim eingestuft.«

»Verdammt Elser, jetzt ziehen Sie sich mal den Stock aus dem Arsch. Sie haben sich den ganzen „Operation Pandora" Quatsch ausgedacht, jetzt liefern Sie gefälligst auch!«

»San Antonio. Das muss reichen.«

»War das denn jetzt so schwer? Aber was anderes: Am Dienstagabend nehmen wir im Neon Park Omega aufs Korn. Sie können dann später vorbeikommen und die Reste zusammenkehren und an Ihre Trophäenwand nageln. Bei der Gelegenheit dürfen Sie dann auch die Peilsender wieder aus unseren Armen entfernen.«

»Und wenn Sie keinen Erfolg haben?«

»Dann wissen Sie ja jetzt wo Sie Omega finden. Sie merken schon wenn die Kacke anfängt zu dampfen und

können das Gelände ja großflächig mit Napalm einde-
cken.«

Sie drückte auf den roten Knopf am Mobiltelefon, öffne-
te die hintere Klappe, schob mit dem Daumen die SIM-
Karte raus um dann mit dem Lötkolben ein Loch in ihre
Mitte zu brennen.

»Auf zum Tänzchen«, murmelte 0byte als er sich das Kabel in die Buchse im Kopf steckte.

*/~/chat.sh*

Er blätterte durch sein Adressbuch. Dort waren nur Hacker, Kryptographie-Experten oder Leute die sich besser mit dem Linux-Kernel als mit der Zeichensetzung ihrer Muttersprache auskannten. Jetzt rächte es sich, dass er kaum andere Kontakte gespeichert hatte.

Es half alles nichts, er musste sich im öffentlichen Chat durchfragen. Wobei „öffentlich" sich auf eine recht überschaubare und in sich geschlossene Community bezog.

```
0byte -> weiss jemand wie ich omega über den sccc
erreichen kann?
```

```
CyberReaper -> Wieso? Willst du umsatteln auf IRL
Waffen?
```

```
redhat -> Soweit ich das im Logfile sehen kann war
die seit Tagen nicht mehr online.
```

```
Mad_Logger -> Ist Die Nicht Eine Von Denen Die Es
Geschafft Haben Sich Hier Mit Nur Einem Zeichen
Als Username Zu Registrieren?
```

```
Bit/Boss -> Woher soll ich das denn wissen?
```

```
CyberReaper -> Wie Whitfield das geschafft hat
sich den Namen zu registrieren ist mir ja klar,
aber bei Omega…
```

```
redhat -> Bestimmt hat sie jemanden das Login abge-
kauft. Waffenhändler sind der Geldadel des einund-
zwanzigsten Jahrhunderts, die glauben die kommen
mit allem durch.
```

```
0byte -> super hilfreiche kommentare, nicht! hat
jemand was hilfreiches zu sagen?
```

redhat -> Bleibt locker Brüder und Schwestern, wir spielen hier alle im selben Verein, kein Grund gleich launisch zu werden. Versuch mal „Ω". Also ohne die Anführungszeichen, also quasi \"Ω\".

0byte -> supi, ich danke dir

Er verließ den Chatraum und versuchte eine Direktverbindung aufzubauen.

Ω -> <Weiterleitung Aktiviert!>

ĂŁṕĦĀ -> <Weiterleitung Aktiviert!>

alpha -> <Weiterleitung Aktiviert!>

AO -> <Weiterleitung Abgeschlossen!>

AO -> W4s w0llen S1e?

0byte -> alles ok bei dir? falsche zeichencode-tabelle geladen?

AO -> J4. N3in.

0byte -> ok, schon verstanden. bin ich bei omega angekommen?

AO -> Ne1n. Omega g1bt es nicht m3hr, w1r sind jetz7 das 41pha und das Ome9a.

0byte -> super. du erinnerst dich noch an unseren deal. ich hab einen neuen für dich. ich liefer dir den genauen standort des Texanischen Waffen Kartells in San Antonio und du lieferst mir noch einen halbe million

AO -> Gu7, ich werd3 das Geld 1n F0rm e1ne5 K0ntos bei ein3r B4nk in 5kandinavien bereitste11en.

0byte -> nein. ich will papiergeld und deshalb werde ich die infos auf papier bereitstellen

AO -> Unlog1sch. Wir b3nöt1gen kein Papi3r.

0byte -> morgen abend, ab 19uhr im Neon Park. denn ich benötige das papiergeld. und ich weiß das du die infos zu deinen konkurrenten haben willst,

weil deine expansionspläne auf dem internationalen
markt noch lange nicht abgeschlossen sind
AO -> Also gut, du hast mich überzeugt. Ich werde
da sein.

»Hab dich!«, rief 0byte laut aus nachdem er sich wieder
ausgeloggt hatte.

Er packte seine Sachen zusammen und machte sich auf
den Weg.

0byte klopfte an der Werkstatttür, die Shiny kurz darauf öffnete.

»Hast du den Klempner bestellt oder warum steht da ein weißer Lieferwagen schräg gegenüber von deiner Tür?«

»Gut zu wissen, dass die FIA meinen Anruf ernstgenommen hat«, grinste Shiny. »Die haben bestimmt zwei übereifrige Typen da rein gesetzt in der Hoffnung, dass sie irgendwas rausbekommen was ich denen nicht am Telefon gesagt habe.«

Sie gingen rein und schlossen die Tür.

0byte deutete stumm auf den Störsender den Firiel kommentarlos einschaltete. Quake beugte sich in seinem Stuhl vor und schaute irritiert in die Runde.

»Die auffällig unauffälligen Lieferwagen machen wieder Spazierfahrten«, kommentierte 0byte als er sah, das der Sender aktiv war.

»Was gibt es denn neues?«, wollte Quake wissen.

Firiel breitete eine Skizze des Neon Parks aus.

»Wir sollten uns hier, im so genannten Pirate Sector, auf ein Zusammentreffen mit ihr vorbereiten.«

»Warum gerade da?«

»Familien mit Kindern sind da nur wenige unterwegs. Außerdem gibt es ein paar erhöhte Buden auf denen sich ein Scharfschütze platzieren kann.« Sie nickte in Richtung Quake.

»Zudem eine Menge Ecken und Winkel in denen ich mich für einen Hinterhalt verstecken kann. Und viele

Händler die irgendwas mit Verbindungen zum Datennetz anbieten, da kann man einen Teil der Aufmerksamkeit unsere Zielperson hin dirigieren. Und Schlussendlich, ein kleiner Container in dem die Überwachungskameras zusammenlaufen, der ideale Platz um unser Orchester zu steuern.«

»Gut«, meinte Shiny. »Das hier habe ich heute noch zusammengelötet.«

Sie legte eine schwarze, handtellergroße und drei Finger dicke, Plastikscheibe auf den Tisch.

»Das ist E.S.R.A.!«

»E.S.R.A.?«, erkundigte sich 0byte.

»Elektro-Schock-Ring-Apparat«, erklärte sie. »Hier an der Seite ist ein Druckknopf, der lässt unten Nadeln ausfahren die sich in der Haut festhaken. Und über den Kippschalter hier gibt es einen Stromschlag ab. Bestenfalls sorgt das für einen Kurzschluss, schlechtestenfalls sorgt es dafür das die Zielperson für einige Sekunden kampfunfähig ist.«

»Und wie erkenne ich welches die Unterseite ist?«, wollte Firiel wissen.

»Ganz einfach«, erklärte Shiny und nahm einen kleinen Schraubendreher in die Hand und kratze an der Oberfläche von E.S.R.A. »Unten ist da, wo keine Kratzer im Gehäuse sind. Aber was anderes, hat Omega angebissen?«

»Ja. Ich glaube sogar, ich habe es geschafft bis zum Menschen innerhalb der Ansammlung von Implantaten und Organen durchzudringen.«

»Wie das denn?«, fragte Shiny.

»So wie man fast alle Leute dran bekommt, indem man sie bei ihrer Eitelkeit oder ihrem Ehrgeiz packt«, erklärte er.

»Dann haben wir jetzt alles beisammen?«, brummte Quake.

»Scheint so.«

»Also dann geht es am Dienstag los.«

## 28. 2328982329 DI Okt-20-2043 19:32:09 GMT+0000

Die grelle Beleuchtung des Neon Parks strahlte in den sich langsam verdunkelnden Himmel.

Wenn man erstmal auf dem Gelände war, konnte man anhand der umgebenden Helligkeit nicht erkennen ob es morgens, mittags oder abends war.

Es reihten sich Imbissbuden, Gewinnspielstände, Verkaufsstände für nutzenlosen Ramsch, Fahrgeschäfte, Wahrsager, An- und Verkäufer von gebrauchten Implantaten, Schrauber für den Einbau von gebrauchten Implantaten, Drogenhändler und Buden an denen alles andere vertickt wurde, was sich das Publikum vorstellen konnte. Das Ganze war von einem Zaun mit Stacheldraht umgeben, so dass alle Gäste durch die Eingangsschleuse mussten. Somit zahlte jeder den Eintrittspreis um auf ein Gelände zu kommen, wo es nur Sachen gab, für die man zusätzlich Geld ausgeben musste.

Die Geräuschkulisse des Parks war ohrenbetäubend. Jeder Stand war darauf ausgelegt entweder lauter oder aufdringlicher im Sound zu sein als die Umliegenden.

Shiny ging direkt zum Container der Videoüberwachung für den Teil des Parks, den sie als Zielgebiet ausgesucht hatten.

Sie hämmerte an die Tür. Es dauerte einen Moment bis die Tür aufging.

»Hey, Ablösung für die Nachtschicht ist da.«

»Wo ist Frank?«, fragte ein gelangweilter Typ im Jogginganzug.

»Der hat Durchfall.«

»Na dann.« Er zuckte mit den Schultern.

»Irgendwas besonders worauf ich achten muss?«

»Ne, der Zettel mit den Notfallanweisungen hängt an der Wand.«

Sie ging in den Container und schloss die Tür als der Typ gegangen war.

Neugierig warf sie einen Blick auf die Notfallanweisungen. Diese beschränken sich darauf hinzuweisen das alle Videoaufzeichnungen für spätere Gerichtsverfahren aufgehoben werden und das unter dem Tisch eine Schusswaffe zur Selbstverteidigung versteckt war.

Die Monitore gaben einen guten Überblick über den Pirate Sector und dessen Laufwege.

»Noch einmal zur Bresche, meine Freunde, noch einmal!«, gab sie per Funk durch. »Es geht los, alle auf Position?«


Quake hatte den Ort erreicht, wo er sich positionieren wollte. Eine stillgelegte Geisterbahn, die relativ hoch gebaut und nicht beleuchtet war.

Er hatte einen guten Überblick und war von unten kaum zu sehen.

Sein Gewehr war in einem Rucksack verstaut. Er nahm es vorsichtig heraus und baute ein Zielfernrohr und einen Schalldämpfer auf. Nicht das er das Zielfernrohr gebraucht hätte, aber es brachte einen Retro-Charme und es fühlte sich stimmiger an.

»Bestätigt«, quittierte er Shinys Anfrage.

Firiel hatte sich zwischen einem Imbisstand und einem Fahrgeschäft positioniert.

Sie stellte sich in den Schatten, den ein Teil des Fahrgeschäftes warf. Durch die schwarze Kleidung und die Maske im Gesicht war sie kaum zu erkennen.

Das Ninjato war für den Transport auf dem Rücken festgebunden. Nun öffnete sie einen Knoten und zog das Schwert rüber, so dass es seitlich am Gürtel hing.

In einer Tasche an der Seite des Oberschenkels steckte E.S.R.A., sie hatte drauf geachtet das die Unterseite von ihrem Bein weg zeigte, für den Fall das der Mechanismus unbeabsichtigt ausgelöst wurde.

»Bereit«, antwortete sie als die Abfrage per Funk kam.


0byte hatte sich in der Nähe der Peer-to-Peer Bar einen Platz gesucht. Die Bar war eine Kirmesbude mit einer guten Anbindung an die Datennetze. Zusätzlich bot sie auch die Möglichkeit, das sich Kunden vor Ort direkt miteinander verbinden konnten um Daten austauschen zu können.

Er hatte das Plastikgehäuse in dem die Netzwerkkomponenten waren an einer Ecke aufgebrochen und sein eigenes Kabel mit an eine der vorhandenen Leitung angeklemmt.

»Kann losgehen«, stimmte er mit ein.


Shiny studierte die Monitore.

Es herrschte ein reges Durcheinander in den Gängen und zwischen den einzelnen Ständen.

Sie hoffte inständig, das Omega immer noch diese Maske mit dem auffälligen Design und den Undercut hatte. Denn mit einem veränderten Aussehen wäre es fast unmöglich sie wiederzuerkennen.

»Wo bleibt sie nur«, flüsterte sie vor sich hin.

»Bitte wiederholen?«, kam es prompt von Quake über den Funk.

»Nichts, schon gut. Ich merke gerade, das mir das Warten an den Nerven zerrt.«

»Und dabei sitzt du ja in der warmen Hütte«, kam es von 0byte.

»Funkdisziplin!«, warf Firiel in einem kommandierden Tonfall ein.

Ein unangenehmes Schweigen entstand und lag wie eine tote aufgedunsene Robbe auf dem Funkkanal.

Es dauerte noch zehn Minuten bis Shiny die Stille durchbrach.

»Da ist sie. Circa hundert Meter von der Peer-to-Peer Bar weg. Aussehen ist unverändert. 0byte, Synapsenbeschleuniger an, beschäftige sie im Cyberspace.«

Ihr Mund wurde trocken und sie musste ein lautes Räuspern unterdrucken.

»Quake, Zielerfassung synchronisieren. Ziel in Schusslinie?«

Seine Hand umschloss den Griff des Gewehres und vor seinen Augen zählte wieder die Fortschrittsanzeige hoch als sich das Zielsystem an sein Gehirn koppelte.

»Negativ. Ziel nicht in Sicht.«

0byte schaltete den Synapsenbeschleuniger ein. Hoffentlich musste er nicht so lange unter der hohen Belastung laufen wie neulich, denn dieses Mal hatte er keinen Eimer neben sich bereitstehen.

In der digitalen Welt war der Park noch viel aufdringlicher und greller. Jeder Stand und jede Attraktion hatte eine digitale Repräsentation. Und auch hier galt der Grundsatz, dass jeder versuchte die anderen bei der Auffälligkeit zu überbieten.

Einige der Attraktionen gab es auch nur virtuell. Riesige und monströs große Achterbahnen, bei denen der Fahrgast nur auf einem Sitz saß und über eine Steckerverbindung am Kopf eine Simulation der Fahrt in das Nervensystem übertragen bekam. In der wirklichen Welt saßen die Leute ein paar Minuten ruhig rum, jedoch konnte 0byte sehen wie sie hier ein halsbrecherisches auf und ab durchfuhren und dabei laut kreischten.

Auf den Wegen zwischen den einzelnen Buden jedoch waren nur wenige Leute im Cyberspace unterwegs. Umso mehr fiel Omega oder AO wie sich im Chat genannt hatte, hier auf. Die amorphe geometrische Figur die er im Netz von ARC angetroffen hatte, war jetzt eine humanoide Gestalt. Dennoch unterschied sie sich von den anderen virtuellen Gestalten, da sich auf der Brust ständig kleine pyramidenförmige Objekte bildeten die sich wellenförmig über den Körper ausbreiteten, nicht ungleich den Wellen die ein Stein verursacht wenn er in einen See geworfen wird.

»Ich s3he Di(h nich7.«

»ich bin doch hier«

»Ne1n, in d3r fleischl1ch3n Wel7. Wo bi5t Du?«

»ich steh doch vor dir. schau mal genau hin«

»Spi3l n1cht mi7 mir.«

AO zeigte auf die virtuelle Gondel einer Achterbahn, kurz darauf verschwand ein Teil des Schienensystems und die Gondel stürzte in den Abgrund. Schreie hallten durch den Cyberspace als die Personen auf dem Boden aufschlugen.

»Wo bi5t du?«


Die Leute die vor dem „Virtual Sky Coaster" anstanden, brachen in Panik aus als sie sahen wie die Mitfahrenden, die gerade in der Simulation waren, sich krümmten und Blut aus deren Nasen und Augen liefen. Schreiend liefen die ersten weg.

Als Shiny den Aufruhr hörte, schaltete sie die Kameras durch um zu sehen was dort los war.

»Verdammt, sie zieht bewusst Zivilisten in die Sache mit rein«, fluchte Shiny.

»Firiel, bring E.S.R.A. ins Spiel. 0byte, versuch ihre Aufmerksamkeit weiter auf den Cyberspace zu lenken.«


»hey, ich steh hier drüben. lass die leute aus dem spiel. hast du die halbe million dabei?«

»H4st du d1e Informationen?«

»ja«

»D4nn vergeude nicht wei7er me1ne Zeit.«

»ich sehe immer noch nichts von dem geld«

»In meiner Präs3nz zu 5tehen soll7e B3z4hlung genug sein.«

Firiel griff in ihre Tasche und nahm das runde Gerät heraus. Sie tastete mit der Fingerspitze über die Oberfläche um sich zu versichern, dass sie es an der ungefährlichen Seite hielt. In leicht gebeugter Haltung lief sie durch die Menschenmenge ohne dabei an eine andere Person anzustoßen.

»Unterwegs«, gab sie kurz per Funk durch.

Omega stand mitten auf dem Weg und zeigte mit einer Hand auf den Virtual Sky Coaster.

Als sie hinter ihr stand, drückte sie das Gerät an ihren Rücken und drückte den Auslöser. Mit einem leisen klickenden Geräusch fuhren die Haken heraus und verankerten sich am Zielobjekt.

Im selben Moment fuhr Omega herum und versuchte mit einem ausgestreckten Bein Firiel die Füße wegzuziehen.

Reflexartig sprang Firiel hoch, so dass der Tritt ins Leere ging. Sie hatte den höchsten Punkt des Sprunges erreicht, da traf sie ein unerwarteter Schlag als Omega mit der flachen Hand einen gezielten Treffer gegen ihren Brustkorb landete.

Firiel setzte einen Meter weiter hinten auf dem Boden auf und rollte sich gekonnt zur Seite ab um dann direkt in die Hocke überzugehen.

»Verdammt ist die schnell.«

Sie zog ihr Schwert und nahm eine Kampfhaltung ein.

»Freies Schussfeld?«, kam es über den Funk.

»Negativ. Versuch sie weiter Richtung Norden zu treiben.«

»Verstanden.«

Sie sprintete los, zielte mit dem Schwert direkt auf den Oberkörper.

Zischend sauste die Klinge durch die Luft und ging ins Leere, nachdem Omega einen schnellen Schritt zur Seite machte. Firiel fühlte sich direkt wieder wie eine kleine Schülerin, die zum ersten Mal im Training mit einem Holzschwert den unbewaffneten Sensei angreifen durfte.

Sie versuchte es erneut indem sie einen Schlag auf den Oberkörper antäuschte, dann jedoch die Klinge in Richtung der Beine lenkte. Wieder wich ihr Ziel aus.

»Kuso!«, fluchte sie auf Japanisch. »Wo bleibt die Ablenkung?«


0byte sah wie die geometrischen Figuren, die über Omegas Gestallt wanderten, schneller wurden. Außerdem änderten sich jetzt auch die Formen in einem scheinbar zufälligen Muster.

»So langsam scheint ihr Prozessor hochzutakten. Ich versuch mal was«, funkte er an den Rest des Teams.

Eine Nutzung der Software, die er von Whitfield bekommen hatte, blieb ihm noch. Es hatte im System von ARC zwar nicht funktioniert. Da er damals aber nicht die gesamte Datenbank kopieren konnte, bestand eine gute Chance, dass sie daran keine Erinnerung hatte. Er schob die Datei in den aktiven Speicherbereich. Vor ihm erschien direkt wieder das animierte Projektil, er zielte auf das Brustbein und das Geschoß raste los.

Als es die halbe Strecke zurückgelegt hatte, schrumpfte die digitale Darstellung von Omega zusammen, um dann ein Stück weiter rechts neu zu entstehen und wieder auf die normale Größe anzuwachsen. Das Projektil flog an ihr vorbei und traf einen schmalen Kubus, der wohl für die Netzanbindung eines Glückspielstandes sorgte.

Firiel hatte sich gerade wieder umgedreht und suchte eine Stelle, an der sie ihre Gegnerin in die Enge treiben konnte, da machte Omega unterwartet einen Schritt nach rechts. Neben ihnen gab es einen Knall und Funken flogen aus dem Kassenautomaten der an eine Reihe von Einarmigen Banditen angeschlossen war. Die Unruhe unter den Besuchern wurde größer, jetzt da ein weiterer Stand eine Fehlfunktion zeigte.

»Gut gemacht«, kommentierte Shiny über den Funk. »Mach das noch mal, damit könnt ihr sie weiter nach Norden treiben.«

»Geht nicht.« 0bytes Stimme klang gereizt.

»Was geht nicht? Mach das es geht!«

»Da muss ich was improvisieren.«

0byte sah sich um.

Die Peer-to-Peer Bar hatte einen sehr großen Datenstrom der in die Weiten der vernetzen Welt ging. Er sprang rüber zu dem Datenstrom und suchte eine Stelle an der er auf die Infrastruktur zugreifen konnte.

Er gab den Befehl in das System, alle Netzverbindungen zu verdoppeln. Einen Moment später zeigte sich ein zweiter Datenstrom, identisch zum ersten. Er schob direkt weitere Anweisungen nach um den zweiten Datenstrom auf Omega zu lenken.

»ok, du hast gewonnen, hier sind die informationen«, rief er ihr zu.

Die gesamte Datenmenge, die sich die Nutzer der Peer-to-Peer Bar gerade gegenseitig zuschoben und aus dem weltweiten Datennetz luden, erreichte jetzt auch Omega. Ihr Aussehen ähnelte jetzt wieder mehr der amorphen geometrischen Figur die 0byte im System von ARC angetroffen hatte. Die Formen die über die Oberfläche wanderten, änderten und pulsierten jetzt merklich schneller.

»Und? Tut sich bei euch was?«, wollte er wissen.

»Was immer du machst, mach weiter, ihre Reflexe werden langsamer«, stellte Firiel fest.

»Noch ein Stück, gleich hab ich freies Schussfeld.«

»Kannst du unter ihr durch? Dann könntest du hinter sie kommen«, sagte Shiny.

Firiel warf ihr Schwert in die Luft und fing es so auf, das die Klinge jetzt nach hinten zeigte. Sie lief los, sprang nach zwei Schritten hoch und nutzte den Schwung um dann zwischen Omegas Beinen durchzurutschen, wendete und drückte den Kippschalter an E.S.R.A.

Omega war immer noch dabei den Datenstrom aufzunehmen. 0byte vermutete, das es irgendwas illegales oder geheimes sein musste, was sonst nicht frei verfügbar war, ansonsten hätte sie vermutlich die ankommenden Daten längst verworfen.

Dann stoppte die Dynamik und Bewegung die sich vorher noch auf der Oberfläche von Omega gezeigt hatte und sie wirkte wie erstarrt.

»Hab ich sie zum Absturz gebracht oder habt ihr sie am Haken?«, wollte er wissen.

Ein simples »Ja« kam von Firiel als Antwort.

Er verdrängte den Gedanken an ihre Rückmeldung und versuchte einen Ansatzpunkt zu finden um den großen Prozessor auszuschalten oder zu sabotieren.


Omega stand paralysiert und leicht zitternd vor Firiel.

Sie ergriff ihren Arm und wirbelte Omega herum, so dass sie hinter ihr stand, stieß mit dem Schwert nach hinten in Richtung des Oberkörpers.

Die Klinge durchbohrte sie und ragte an der Vorderseite ein Stückweit heraus, Blutstropfen und Funken flogen gleichermaßen aus dem Brustkorb.

»Schussfeld frei.«

»Dann schieß!«

»Firiel, Kopf runter!«

Die Gewehrkugel zischte durch die Luft. Sie raste wie ein Sportwagen in Omegas Stirn rein um am Hinterkopf wie ein LKW wieder raus zu kommen, der eine Ladung blutiges Gewebe und Elektroschrott hinter sich herzog. Leblos sank Omegas Körper in sich zusammen.

»Was ist passiert?«, fragte 0byte. »Sie fängt an sich hier aufzulösen.«

»Sieh zu das du da rauskommst, wir machen bald einen Abflug«, antwortete Shiny.

Erst jetzt fiel ihr auf, das sich eine Menschenmenge um Firiel gebildet hatte und alle mit offenen Mündern die Szenerie, teils mit Erstaunen, teils mit Abscheu, beobachteten. Sie zog das Mikrofon, das auf dem Tisch stand, näher ran und aktivierte die Lautsprecher, die an dem Container angebracht waren. »Meine Damen und Herren, die großartige Lady Ashikaga und ihr Schwerttanz, Applaus!«, versuchte sie in bester Manier einer Schaustellerin in das Mikrofon zu tönen.

»Und jetzt verpissen wir uns!«, setze sie per Funk nach als das Mikrofon wieder aus war.

## 29. 2328987067 DI Okt-20-2043 20:51:07 GMT+0000

Die Vier waren auf dem Weg zum Ausgang.

Hatte es direkt an dem Ort des Kampfes noch eine gewisse Aufregung gegeben, so war es weiter vorne auf dem Gelände noch ruhig. Wobei sich ruhig nicht auf die allgemeine Geräuschkulisse bezog, sondern nur darauf, das noch niemand mitbekommen hatte, dass im Pirate Sector eine Person von einer Ninja aufgespießt worden war und danach einen Kopfschuss kassiert hatte.

Sie trafen sich vor „Doktor Bob's Cyberware-Ambulanz".

0byte war etwas blass im Gesicht, nickte den anderen aber wortlos zu, als Zeichen das alles in Ordnung war.

»Lady Ashikaga? Was Besseres ist dir jetzt nicht eingefallen?« Firiel hatte eine gewisse Irritation in der Stimme und sah Shiny von der Seite an.

»Ashikaga, Tanaka, Hashimoto. Für die meisten in Neo Kalkutta klingt das eh alles gleich, das haben die morgen wieder vergessen«, kommentierte sie gleichgültig als sie ihren Weg fortsetzten.

Am Ausgang kam von einem Ordner die Frage »Wollt ihr nachher noch mal rein? Stempel auf die Hand?«

Quake überlegte kurz ob er sich nachher noch die Show ansehen wollte wie die FIA die Sauerei aufräumt, die sie hinterlassen hatten. Er wurde jedoch direkt weitergeschoben noch bevor er zu einer Antwort ansetzen konnte.

»Nein, nein, das war genug Spaß für einen Abend.« Shiny machte eine abweisende Handbewegung.

Hundertfünfzig Meter vom Eingangsbereich entfernt standen drei schwarze Kleintransporter in einer Reihe geparkt. Vor einem stand Special Agent Elser und schaute nervös auf seine Uhr.

»Ist das nicht schrecklich, wenn man selbst dann noch Krawatte tragen muss wenn andere schon längst in Freizeitklamotten Party machen?«, witzelte Quake und deutete auf Elser.

»Der gehört zu euch?«, wollte Firiel irritiert wissen, wartete jedoch gar nicht erst auf eine Antwort und ergänzte »Ich bin mal weg, das mit den Goldbarren können wir auch noch morgen regeln.«

Sie blieb abrupt stehen und zog sich wieder die dunkle Maske ins Gesicht, so dass nur noch ihre Augen sichtbar waren.

»Ach komm schon, der wird nicht beißen. Aber ich kann verstehen wenn du…« Shiny brach den Satz ab als sie merkte das Firiel nicht mehr neben ihr war. Sie drehte sich um, konnte sie aber schon nicht mehr sehen.

»Verdammt, wo ist die so schnell hin?«

»Ja, das war sie damals schon in dem abgeranzten Motel.«

»Die ist so schnell, die kann sich auch einen episch langen Film wie „2001“ oder „Apocalypse Now“ in zwei Stunden ansehen ohne dabei vorzuspulen.«

»Da sind ja meine drei liebsten Kleinkriminellen«, unterbrach Elser die Unterhaltung. »Ich bin wirklich froh, dass Sie es wieder heraus geschafft haben. So schnell hätte ich kein Napalm beschaffen können um das Gelände einzuebnen.«

Er grinste frech wie eine Katze, die mit einer Maus spielen wollte.

»Deswegen haben wir uns ja auch ins Zeug gelegt, wir wollten dir die Mühe ersparen das Bestellformular auszufüllen«, entgegnete 0byte sarkastisch.

»Die Reste von Omega liegen im hinteren Bereich im Pirate Sector. Wenn du noch was für deine Trophäenwand haben willst, dann warte nicht zu lange, die Aasgeier kommen bestimmt bald und versuchen noch verwertbare Elektronik in den Überresten zu finden. Oder, was ich persönlich noch fieser finde, verwertbare Organe«, sagte Quake.

Elser klopfte viermal gegen den Lieferwagen und rief, »Raus mit euch, alles wie besprochen. Und jetzt Tempo.«

Die Türen der Wagen flogen auf und aus jedem kam ein bewaffnetes Einsatzteam mit Helm, schusssicherer Weste und einem Sturmgewehr. Sie liefen direkt auf den Eingangsbereich zu und drängten sich mit lauten »FIA. Platz machen!« durch die Menschenmenge, die der Aufforderung unter missmutigen Geﬂuche nachkam.

»Jetzt zu Ihrem Teil der Abmachung.«

Elser griff zu seinem Mobiltelefon, drückte zwei Tasten, »Meyers,… ja, haben sie,…, genau die Akten,…, Ja. Danke.«

Er steckte das Gerät wieder in seine Tasche.

»Damit wäre dann alles erledigt. Wir sammeln die Reste auf und Sie haben eine saubere Akte.«

»Nicht ganz«, korrigierte 0byte und hielt Elser den Unterarm hin. »Die scheiß Peilsender müssen raus. Und sag jetzt nicht dafür müssen wir einen Termin mit deinem Vorzimmerburschen abstimmen.«

»Ach ja, stimmt, die hätte ich ja fast vergessen.«

»Sie sind ein schlechter Lügner«, meinte Shiny fast beiläufig.

Elser holte ein kleines Gerät aus dem Wagen. Es sah aus wie einer dieser Stempel mit eingebautem Tuschekissen, mit denen man mit einem charakteristischen Klacken ein „BEWILLIGT" oder „GEHEIM" auf Akten druckte.

Er drückte einen kleinen Schalter und die LED auf der Oberseite leuchtete rot auf.

»Wer will zuerst?«, fragte er.

»Ich bin mir nicht sicher wie das funktionieren soll, aber mach einfach mal«, antwortete 0byte.

Elser setze das Gerät auf die Stelle wo der Peilsender injiziert worden war und drückte es einmal mit Schwung runter, wartete einige Sekunden und zog es wieder weg.

0byte spürte wie eine Klinge die Haut aufschnitt, ein kleiner Haken in seinen Arm fuhr um den Fremdkörper zu entfernen und dann die Wunde mit einem heißen Draht sofort kauterisiert wurde.

»Fuck. Du krankes Arschloch«, schrie er schmerzerfüllt auf.

»Nächster«, antwortete Elser triumphierend.

Die anderen Beiden versuchten sich nichts anmerken zu lassen als ihnen der Peilsender entfernt wurde, konnten jedoch das Entgleiten ihrer Mimik, spätestens beim veröden der Wunde, nicht verhindern.

»Können Sie später mal Ihren Enkelkindern erzählen, wenn die fragen woher Sie die Narbe haben.« Er grinste hämisch und steckte das Gerät in seine Jackentasche.

Es dämmerte bereits und die ersten Sterne wurden sichtbar. Man musste Neo Kalkutta schon ein ganzes Stück hinter sich lassen bevor die Lichtverschmutzung so gering wurde, dass die kleinen Punkte am Himmel wieder sichtbar wurden.

Vor einem Wohnwagen, auf dessen Dach eine große Satellitenschüssel und Solarpanels montiert waren, brannte ein kleines Lagerfeuer.

Neben Obyte saß Whitfield. Sie hatten sich eine Zeitlang nicht gesehen, aber Whitfield hatte immer noch offene schulterlange weiße Haare und ein Grinsen wie ein Pfadfinder, der gerade sein erstes Abzeichen verdient hatte. Auch jetzt, irgendwo in der Einöde, trug er einen Nadelstreifenanzug und eine mit Ornamenten bedruckte Krawatte, wodurch er das Auftreten eines fünfzigjährigen Geschäftsführers eines großen Familienunternehmens hatte.

Obyte nahm einen Schluck aus der Whiskyflasche und reichte sie weiter.

»… aber frag mich nicht, was die dann mit den Resten anstellen werden, die sie dort aufgesammelt haben.«

»Wenn sie schnell genug waren, dann hat sich jemand die Nieren und Leber für den Schwarzmarkt gesichert. Augen wären ja auch wertvoll, aber nach dem Kopfschuss lassen sie sich bestimmt nur schwer verkaufen.« Er nahm einen Schluck aus der Flasche.

»Hast du Firiel danach noch mal gesehen?«

»Ne, seitdem nicht mehr.«

»Schade, scheint eine krasse Braut zu sein.«

»Lass sie das ja nicht hören. Die bricht dir für so einen Spruch bestimmt einen Finger.«

»Was stellst du jetzt mit dem Geld an? Ist ja nicht so, dass du eine Million einfach so zur Bank tragen kannst um ein Sparbuch zu eröffnen. Die stellen dann ja so komische Fragen wie „Wo ist das her?", „Haben sie das versteuert?" oder „Unterschreiben Sie hier um zu bestätigen das Sie dieses Konto nicht zur Geldwäsche nutzen!", du weißt schon was ich meine.«

»Ja, ich weiß. Old-New-York ist mir in den Sinn gekommen. Da stellen sie solche Fragen für gewöhnlich nicht.«

»Und dem guten alten Neo Kalkutta den Rücken kehren?«

»Wir hätten immer noch das „secure cyber chat construct" zum quatschen.«

»Der ganze Chat Krempel ist ja ganz lustig, aber zusammen Whisky trinken und am Lagerfeuer sitzen geht halt nur in der Offline-Welt oder Meatspace wie ihr jungen Leute so gerne sagt.«

»Noch ist nichts entschieden. Gibt ja auch noch andere Orte, die näher dran sind.«

»Du kannst nicht weggehen.«

»Warum?«

»Denk dran, du schuldest mir noch einen Gefallen. Sowas vergesse ich nicht so schnell.«


<ENDE>